新装版

妖《あやか》し陽炎《かげろう》の剣

介錯人・野晒唐十郎②

鳥羽 亮

祥伝社文庫

目次

第一章　京女鬼丸《きょうじょおにまる》

1

月光を映《うつ》したさざ波が岸に寄せていた。仲秋《ちゅうしゅう》の名月にはまだ早かったが、盈月《えいげつ》が天空で輝き、足元にくっきりとした人影を落としていた。川端に茂るすすきの穂が銀色にかがやき、さわさわと揺れている。

八月（旧暦）の初旬、四ツ（午後十時）ごろ、本所相生町《ほんじょあいおいちょう》、竪川《たてかわ》沿いの道を大川方面にむかって歩くふたつの人影があった。ひとりは、黄八丈《きはちじょう》の小袖《こそで》を着流しに黒羽織の裾《すそ》をまいて帯にはさんだ南町奉行所同心、もうひとつは、同心にしたがう尻っ端折《しりっぱしょ》りに濃紺の股引《ももひき》姿という岡《おか》っ引《ぴ》きである。

「畠山《はたけやま》の旦那、すこし冷えてめえりやした……」

小袖の襟《えり》をかき合わせながら背後から声をかけた岡っ引きは、本所界隈《かいわい》を縄張《シマ》にもつ弥八《やはち》という初老の男である。

弥八のいうように、竪川の川面を渡ってくる風には、肌を刺すような冷たさがあった。

「酒の酔いを覚ますには、ちょうどいい」

前を歩く畠山は定町廻《じようまちまわり》同心で、自身番《じしんばん》を巡回した後、緑《みどり》町の越後屋《えちごや》という米問屋で饗応《きようおう》をうけた帰りだった。

三カ月ほど前、越後屋の手代《てだい》が主人の金を持ち逃げしたのを畠山と弥八とで捕縛したのが縁で、ちかくの自身番をまわるときはたち寄ることがあったのだ。

本所から両国《りようごく》橋につづくこの道は日中はかなり賑《にぎ》やかな通りなのだが、さすがに、この時間になると、人の姿はない。通りに軒《のき》を並べる表店も大戸を閉め、洩《も》れてくる灯明《あかり》もなく寝静まって森閑としていた。

竪川にかかる二《ふた》ツ目《め》橋を過ぎ、右手の家並の奥に回向院《えこういん》の甍《いらか》が見えるあたりまで来たとき、先をいく畠山が歩をとめた。

「旦那、どうしやした」

「弥八、見ろ、人がいる」

見ると、一町（約一〇九メートル）ほど先、一ツ目橋のたもとあたりに佇《たたず》んでいる人影が見えた。ひとりだけ、月明かりに黒く浮かびあがったように見える。動かずに立っているところを見ると、飄客《ひようかく》でもなさそうだった。

「二本差しのようですね」

人影は武士のように見えた。

「そろそろ、町木戸の閉まるころだ。……夜盗にも見えぬが、辻斬りか」

四ツが各木戸を閉める刻限である。この時刻になれば、よほどのことがなければ出歩く者はいない。

「旦那、どうしやす」

弥八が顔をこわばらせて、畠山をふり仰《あお》いだ。

「八丁堀を襲う者もおるまい」

畠山はそのまま歩きだした。弥八も後にしたがう。

近付くにつれ、しだいにはっきりしてくる人影は、所在なげに立ったまま二人の近付くのを待っているふうであった。
三十四、五歳。旗本か御家人と見える武士だった。色白のおっとりした顔だちで、口元に人のよさそうな微笑を浮かべていた。
「夜分、何用かな」

畠山は四、五間(一間は約一・八メートル)の距離をおいて歩をとめた。

畠山の声はおだやかだった。壮年の武士はあきらかに二人の来るのを待っているふうだったが、気怠《けだる》いように両手をだらりと下げた体勢からは、殺気《さっき》はおろか、武士らしい覇気《はき》さえ感じられなかった。

「南町奉行所の畠山松之介《まつのすけ》どのでござろうか」

武士は顔に、薄笑いを浮かべたまま訊《き》いた。

「いかにも、お手前は」

「人は、恵比寿《えびす》の吉兵衛《きちべえ》などと申しますが」

「恵比寿……」

なるほど、いわれてみれば恵比寿に似ている。豊頬《ほうきょう》で、福耳《ふくみみ》の温顔。細い切れ長の目のせいか、顔が笑っているように見える。

「……それで、拙者《せっしゃ》に何用でござる」

畠山が欠伸《あくび》をかみ殺しながら訊いた。警戒するような男ではないと思ったのだ。

「貴公を斬るために、待っておりもうした」

そう、こともなげにいって、ふいに、腰刀の柄《つか》に右手を伸ばした。

一瞬、畠山は欠伸を呑みこみ、目を剝《む》いた。

「な、なに、斬るだと！」

思わず言葉をつまらせ、目前の武士の顔をあらためて見て戦慄《せんりつ》した。笑っているわけではなかった。切れ長の目の奥には、刺すように見つめている冷徹な光があった。緩慢そうな動作の裏には、殺戮《さつりく》を楽しむような酷薄《こくはく》な雰囲気をただよわせている。

しかも、腕のいい刺客だ、と畠山は察知した。

（刺客《しかく》だ！）

「弥八、気をつけろ！　こやつ、できる」

畠山はそう叫ぶと、背後に一歩退《の》きながら抜刀した。

そのとき、畠山は刺客の手から逃れることは考えなかった。敵はひとりだった。畠山は小野派一刀流《おのはいっとうりゅう》の免許を得ていたし、捕縛の際に多くの科人《とがにん》を斬殺してもいた。己《おのれ》の剣の腕には自信があったのだ。

畠山は敵の喉元に剣尖《けんせん》をつける星眼《せいがん》に構えた。一刀流の基本の構えである。まず、得体《えたい》の知れぬ相手に、どのような剣を遣《つか》うのか、その動きを見ようとしたのだ。

すかさず、弥八も後ろに跳《と》び、腰の十手を引き抜いた。そして、飛びかかる隙《すき》をうかがいながら腰を屈《かが》めて武士の左手にまわりこんだ。獲物に躍《おど》りかかろうとする猟犬のような動きである。

畠山と吉兵衛の間合《まあい》はおよそ三間。遠間《とおま》のまま、両者は相星眼《あいせいがん》に構えていた。

喉元につけられた吉兵衛の剣尖が、異様な殺気をはなっているのを畠山は感知した。槍《やり》の穂先のように白く光る切っ先に、骨を凍《こお》らせるような闘気がこもっているような気がしたのだ。

(月だ！)

切っ先が、天空の月光を反射《はね》ているのだ。

そう察知したが、畠山は足がすくんだ。その剣尖は異様に鋭く、すこしでも動けば、即座に心《しん》の臓《ぞう》を刺し貫《つらぬ》かれるような恐怖を覚えたのだ。

「だ、旦那、仲間を呼びやす」

弥八は顔をひき攣《つ》らせ硬直したように突っ立っている畠山に、尋常な相手でないことを察知したらしく、すぐに、懐《ふところ》から呼び子をつかみ出した。そして、天空に顎《あご》を突き出すようにして激しく吹いた。

夜の静寂《しじま》を裂くように、甲高《かんだか》い呼び子の音が響きわたった。

だが、吉兵衛の表情は変わらなかった。細い目が刺すように畠山を見据えていたが、恵比寿のように笑った顔は、凍りついたように動かなかった。

ただ、その呼び子の音に促《うなが》されるように、吉兵衛は一歩間合をつめると、喉元から剣尖をはずし刀身をまっすぐ立てた。

手首をひねって縦一文字に立てた刀身の刃先を横にし、盾《たて》のように突き出すと、左足を引いて半身となった。体中剣《たいちゆうけん》という構えである。特種な構えで弓や手裏剣に対してこの構えをとる流派もあるが、畠山は初めて目にする構えだった。

畠山は戸惑っただけではなかった。恐怖が背筋をはしった。

ふいに、吉兵衛の体が剣のむこうに遠ざかり、棒のように細くなったのだ。そして、縦一文字に立てた刀身が、青白い霊気のような光を放ち、黒い棒のように見えた吉兵衛の体がゆらゆらと揺れ出し霞《かす》んで見えたのだ。

その構えから、背筋を凍らせるような殺気が放射された。

「その刀、目眩《めくらま》しか！」

思わず、畠山が叫んだ。

「京女鬼丸《きょうじょおにまる》、二尺二寸五分でござる」

吉兵衛が呟《つぶや》くようにいった刹那《せつな》、青白い光芒《こうぼう》が鋭く畠山の頭上に伸び、その体が闇に跳躍した。

(面《めん》にくる！)

と察知し、畠山が払おうと星眼から振りあげた瞬間、フッ、とその光芒がかき消えた。次の瞬間、敵の姿が眼前にあらわれ、畠山の右腋《みぎわき》に灼《あつ》い衝撃がはしった。焼鏝《やきごて》でもおし当てられたような感触だった。

胴を斬られた！

と察知し、自分の下腹部が折れたように曲がるのを意識した。ざっくりと着物が断ち切られ、脇腹から何かが溢《あふ》れ出た。

（臓腑だ！）

畠山は立っていられず、崩れるように倒れるのを意識したが、痛みも地に落ちた衝撃もなかった。ただ、一瞬、天空の月が黄金のようにかがやいて流れたのを見ただけで、すぐに視界は深い闇に閉ざされた。

畠山は失神し、そのまま絶命した。

一太刀だった。なすすべもなく、畠山が胴を両断され臓腑を溢れさせて斬り倒されたのを見て、弥八の顔は恐怖にひき攣《つ》った。

逃げようと反転した瞬間、吉兵衛が大きく踏みこみ、背後から袈裟《けさ》に斬り下げた。大気を裂くような刃唸《はうな》りがし、パッと弥八の首根が裂けて血飛沫《ちしぶき》が噴きあがった。

ヒイッ！

喉のつまったような悲鳴をあげた。

弥八は首をかしげたまま、よたよたと二、三歩前進し、血を撒《ま》きながらつんのめるように前に倒れた。

地に突っ伏した弥八は、ヒッ、ヒッ、という悲鳴をあげながら蟇《ひき》のように叢《くさむら》を這《は》って逃れようとしたが、すぐに、もそもそと動くだけで前には進まなくなった。叢のなかから、しゅる、しゅると血の噴く音が聞こえた。

首筋から噴出する血の音が、川端の土手で鳴きはじめた虫の音に混じって、妙に生々しく響いてくる。

吉兵衛は慌《あわ》てる様子もなく刀に血振《ちぶ》りをひとつくれると、懐紙を出して刀身の血糊《ちのり》をぬぐい、月明かりにかざして見た。

青白い刀身が月光を反射《はね》て、吉兵衛の顔を浮かびあがらせた。のっぺりとした妖異《ようい》な顔貌である。フッ、とその顔に微笑が浮いた。細い目の奥が、ものの怪《け》にでも憑《つ》かれたように異様に光っている。

「旦那、すみましたら、こちらへ」

そのとき、竪川の方から声がした。

見ると、一の橋ちかくの渡し場に一艘の猪牙舟《ちょきぶね》がとめてあり、半纏《はんてん》に細い川並《かわなみ》の股《もも》引《ひき》という船頭らしい男がひとり舟上に立っている。色の浅黒い四十年配の痩《や》せた男だった。

吉兵衛がその舟に乗りこみ、舟影が大川方面に消えたころ、集まってくる複数の足音と人声が聞こえてきた。

駆け寄って、倒れている畠山の顔を覗《のぞ》きこんだのは、貉《むじな》の弐平《にへい》と呼ばれる岡っ引きだった。

「畠山の旦那だぜ……」

その死骸をあらためて見て、弐平は身震いした。なんとも、凄《すさ》まじい斬り口だった。畠山は、一太刀《ひとたち》で腹を截断《せつだん》され臓腑を溢れさせて死んでいた。

弐平は、すこし離れた土手の叢のなかに突っ伏している弥八に目をうつし、その指先が死にかけた蜘蛛《くも》のようにかすかに動いているのを見ると、いそいで走りよった。

「や、弥八、殺《や》ったのは誰でえ」

と、耳元に口を寄せて大声で訊いた。

「……恵比寿、の……」

弥八は絶え絶えの息のなかでそれだけ言うと、こと切れた。

(……エビス、といったな)

弐平は現場に集まってくる大勢の捕り方の足音や呼び子の音を聞きながら、怪訝《けげん》そうに天空の冴《さ》え冴《ざ》えとした月を見上げた。

(……まさか、七福神《しちふくじん》の恵比寿様《えびっさま》のことじゃァねえだろうな)

ブルッ、と弐平は身震いした。

ふいに、背筋を冷たいもので掃《は》かれたような気がした。そのとき、恵比寿の福々しい顔が、弐平の脳裏で冷酷残忍な斬殺者に豹変したのだ。

この夜、江戸の町は明け方まで捕り方の足音や呼び子の音で騒々しかった。

同心と岡っ引きが斬殺され、本所相生町の現場付近に大勢の捕り方が集結していたころ、大川を隔《へだ》てた浅草諏訪《あさくさすわ》町の佐賀屋《さがや》という米問屋が盗賊に襲われたのだ。

一味は、『大塩救民党《おおしおきゅうみんとう》』と名乗る黒覆面の武士集団で、主人以下、妻子、奉公人など十二名を皆殺しにし、千二百両という大金を強奪した。

この惨劇は、本所相生町の捜索に加わった岡っ引きのひとりが、竪川から大川へと川筋をたどっていて佐賀屋の大戸が開いているのに気付き、覗きこんで発見したのだ。

店内に足を踏みこんだ岡っ引きは、土間から帳場《ちょうば》へと血海のなかにいくつもの斬殺体が横たわる凄惨な現場に度肝《どぎも》をぬかれたが、気をとりなおして潜《ひそ》んでいるかもしれない賊の姿をさがして闇のなかに視線をまわした。

そのとき、岡っ引きは帳場格子《ごうし》に貼られている三枚の紙を目にとめた。

近寄って見ると、『救民党推参《すいさん》』『大塩大明神《だいみょうじん》』『誅伐《ちゅうばつ》』と記されていた。

……大塩救民党だ！

と気付くと、岡っ引きは店から通りへ飛び出し、首を八方にまわしながらありったけの息で呼び子を吹いた。

大塩救民党と名乗る盗賊集団は、ここ一月《ひとつき》ほどの間に二度市中の大店《おおだな》に押し入り、住人を惨殺して大金を強奪していたのだ。

2

「若先生、起きてくださいよォ」

狩谷唐十郎《かりやとうじゅうろう》は、台所から聞こえてくる甲高い女の声で目を覚ました。

おかねらしい。どうやら、朝餉《あさげ》の支度ができたようだ。台所の方から水を使う音と、蜆《しじみ》の味噌汁でもつくっているらしい、いい匂いがしてきた。

「もう、五ツ（午前八時）を過ぎてるんですからね。目ン玉が腐っちまいますよ」

三軒先にいても聞こえそうな声で、おかねがまくしたてた。

おかねというのは、近所の長屋に住む大工の女房で、独り身の唐十郎の世話をしに通ってくる。樽《たる》のように太った五十ちかい女で、お喋《しゃべ》りだが人はいい。今朝も亭主の六助《ろくすけ》に朝餉を食わせて仕事に出してから、唐十郎の家にきているのだ。

唐十郎の家は神田松永町《かんだまつながちょう》にあった。小宮山流居合指南《こみやまりゅういあいしなん》という看板を出している町道場だが、すっかり寂《さび》れてしまい、竹刀《しない》の音が聞こえなくなって久しい。

道場とは名ばかりで、名人と謳《うた》われた父の重右衛門《じゅうえもん》が十年ほど前に死んでから、門弟はひとり去りふたり去りして、今は当時師範代をしていた本間弥次郎《ほんまやじろう》という中年の男が残っているだけだった。

父の死後、後を追うように母も病死し、ひとり残された唐十郎は大身《たいしん》の旗本や藩邸などの依頼で、切腹の介錯《かいしやく》をしたり試斬り《ためしぎり》による試刀《しとう》などで細々と暮らしをたててきた。

おかねは、道場が盛っていたころから出入りし、病弱な母の手助けをしていたのだが、父母の死後も変わらずに足を運んで唐十郎の身のまわりの世話をしてくれていた。

すでに、唐十郎は三十を越えているのだが、おかねは自分に子のないこともあってか、いまだに若先生と呼んで子供扱いにするようなところがある。

唐十郎が道場の裏手にある釣瓶《つるべ》井戸の水をくんで顔を洗ってもどると、縁側の奥の居間に食膳が用意してあった。

おそらく亭主と同じものを用意したのだろう、茄子《なす》の古漬《ふるづけ》と蜆《しじみ》の味噌汁、それに夕べの残りらしい里芋《さといも》と油揚《あぶらあ》げの煮付けが小丼で出た。

唐十郎が膳の前に座ると、おかねが待っていたように向かいに尻を落とし、

「若先生、昨夜も出たそうですよ」

と大きな目玉をひん剝《む》いて、話しかけた。

「出たって、何が」

唐十郎は箸《はし》をとめて、訊きかえした。

「大塩大明神様ですよ」

「またか」

これで、三度目である。

おかねの話によると、昨夜、本所の佐賀屋が襲われ、皆殺しになって土蔵の金がごっそり奪われたというのだ。

この盗賊一味が、救民党とか大明神などと呼ばれるにはわけがあった。

八年前の天保八年（一八三七）、大坂で窮民救済を旗印に蜂起《ほうき》した大塩平八郎《へいはちろう》の残党を名乗ったことと、奪った金の一部を、このところの米価の高騰などで困窮した長屋の住民や微禄の御家人などにばらまいたからである。

「若先生、今度の御救金《おすくいきん》は二両ずつで、百両ちかいそうですよ」

おかねは襲われた佐賀屋のことより、ばらまかれた金の方に興味があるらしい。もっとも、配られる金が気になるのはおかねだけではない。江戸市民の多くは、一味の貧民に配る金を御救金などと呼びありがたがって、次は自分のところではないかと密《ひそ》かな期待をよせる者も多かったのだ。

「配られたのは、どこだ」

「浅草福井《ふくい》町の仁衛門《にえもん》長屋ですよ。ここと、ちかいじゃないですか」

おかねは、大きな目を光らせた。

「そうだな」

唐十郎には、盗賊をありがたがる気持ちなど少しもなかった。斬殺された佐賀屋の者は恨《うら》んでも恨みきれまい。それに、御救金などと義賊ぶっているが、配られるのは奪った金のほんの一部なのだ。

朝餉が終わって、おかねが台所にはいると、道場の玄関の方で弥次郎の声がした。

今日は、本郷《ほんごう》にある旗本、綾部伊予守忠安《あやべいよのかみただやす》の屋敷に出かけることになっていた。久しぶりの御試御用《おためしごよう》である。綾部家で所蔵する在銘物《ざいめいもの》の試刀を依頼されたのだ。在銘物とは中心《なかご》に刀工銘の切ってあるもので、相応の名刀が多い。

「若先生、いい日和《ひより》ですよ」

唐十郎の顔を見ると、弥次郎はそういって蒼穹《そうきゆう》を見上げた。

細面《ほそおもて》の弥次郎の顔が秋の陽射しに、白っぽくかがやいて見えた。弥次郎は久しぶりの御試御用ではりきっているようだった。

弥次郎と連れだって通りに出ると、秋の陽射しのなかを流れてくる細風《そよかぜ》が心地好かった。

綾部家は二千石の大身《たいしん》で、幕府大目付《おおめつけ》の要職にある。屋敷内はひろく、裏門より入った唐十郎と弥次郎は、内田左門《うちださもん》と名乗った用人にしたがいそのまま裏庭に案内された。

武芸場の裏手にまわると、八手《やつで》の葉の茂る日陰地に土壇《どたん》が用意されていた。

土壇は試し斬りするための屍体《むくろ》を載せる台である。土と砂を練って一尺ほどに盛り上げたもので、上部の四方に竹が立ててある。これは、挟《はさ》み竹《だけ》と呼ばれるもので、竹についている縄で屍体を縛り固定させる。

そのうえで刀の斬れ味を試すために、据《す》え物斬《ものぎ》りといって、この土壇の上の屍体を斬るのである。

その土壇の上には、すでに首のない屍体が横たわっていた。庭の隅にお仕着《しき》せ姿の中間《ちゅうげん》が四人控えているので、かれらの手で据えられたのだろう。

かすかに、魚の腐ったような死臭がした。

秋の陽射しのなかを流れてくる細風が、土壇のある日陰地を通過すると、ふいに屍体の穢気《えき》を含み、陰湿な風になったような感じがした。

日だまりのなかにいる家人たちの顔が、白々として見える。

「浅草、弾左衛門《だんざえもん》よりもらいうけた罪人でござる」

内田がいった。

当時、浅草に住む弾左衛門が罪人の御仕置《おしおき》の手助けや屍体の始末などにあたる人足を統括しており、死罪になった者の屍体を試し斬りとして密かにまわしてくれた。

屍体は成年男子で、痩せてはいたが、骨太のがっしりした体軀をしていた。まだ、死後の硬直が残っているらしく、節《ふし》くれだった両足がバッタのように折れ曲がったままだった。

「これなれば、御試しには申し分ないでしょう」

唐十郎は屍体を吟味するように見ていった。

通常、試し斬りに女子供は使わない。骨が細くやわらかいからである。截断《せつだん》するのが難しい筋骨たくましい男の体を斬ってこそ、試刀の意味があるのだ。

唐十郎と弥次郎が、襷《たすき》をかけ、袴《はかま》の股《もも》だちをとったところで、当家の主《あるじ》である綾部忠安が姿をあらわした。

「待たせたようじゃな」

綾部は歩みよると、血色のいい顔に笑みを浮かべて、そちが、狩谷か、と訊いた。歳《とし》は四十代後半だろうか、小袖の着流しだが、その所作には幕府の要職で激務をこなす能吏《のうり》らしい自信と性急さとがあった。

「ハッ、狩谷唐十郎にございます」

「そちは」

唐十郎の背後に控えていた弥次郎に声をかけた。

「介添《かいぞ》え役の本間弥次郎にございます」

弥次郎は深く頭をさげた。

「では、さっそく、見せてくれい」

そういうと、綾部は同行した家臣から刀箱を受けとった。

「播州津田住《ばんしゅうつだじゅう》、藤原鬼丸《ふじわらおにまる》、二尺二寸三分じゃ」

そういって、唐十郎に白鞘《しらざや》の刀を手渡した。

藤原鬼丸は本名を安丸《やすまる》といったが、その激しい気性から鬼丸との異名《いみょう》をとっていた。切れ味の鋭い刀を鍛《きた》える津田派の名工としても知られている。

「笹《ささ》ノ露《つゆ》鬼丸にございますな」

唐十郎は清澄な刀身を見つめながらいった。

鬼丸の鍛えた刀には笹ノ露と呼ばれる名刀があった。この異名は、触れただけで落下する笹の葉の露から連想し、それほど斬れるという意味でつけられたものだ。

そのほか、刀の切り銘のなかに、草ノ露、葉裏之露《はうらのつゆ》、笹雪《ささゆき》などと刻まれているものがあるが、いずれもわずかな接触で落ちることから、刃味《はあじ》の鋭い刀の異名として使われている。

唐十郎の手にした刀は、笹ノ露鬼丸の名に恥じぬ名刀だった。

蒼白《あおじろ》く澄んだ刀身の地肌には、見る者を吸いこむような冷徹な冴えがあった。刃文《はもん》は地味な小乱《こみだ》れだが、銀を流したようにかがやき、優美な太刀姿《たちすがた》で気品をそなえている。

まちがいなく、津田派の名工として知られた鬼丸の円熟した晩年の作である。

「すでに、御試しは」

唐十郎が訊いた。

これほどの名刀なればすでに何者かが試刀し、截断銘が切ってある可能性もある。

『二《ふた》ツ胴《どう》截断』『三ツ胴截断』などと試し斬りした者の名やその年月とともに中心《なかご》に刻んであるのだ。ちなみに、二ツ胴とは、二人重ねた胴を截断したことで、三ツ胴は三人ということになる。

「いや、ないぞ。もっとも、わしの代には、ということだがな」

綾部は微笑していった。

3

死骸《むくろ》の前に立った唐十郎の顔容《かんばせ》がひきしまった。白皙秀麗《はくせきしゆうれい》な顔に朱が差し、全身に剣気が漲《みなぎ》っている。

「両車《りようぐるま》、参ります」

唐十郎は切っ先を八相《はっそう》から天空に突きあげるように構えた。

両車というのは截断場所のことで、下腹部の腰骨のあるあたりである。

試し斬りの場合、截断する場所を明確にする必要があった。堅い骨のある部位とそうでない部位とでは、結果がまるで違ってくるからである。

人体の腋《わき》から下腹部まででも十の部位に分かれ、両車はもっとも下部になる。唐十郎は、次の御試《おためし》も念頭において両車を選んだのだ。

気が昂《たか》まってきたのか、唐十郎の細い切れ長の目が悽愴《せいそう》さをおびてくる。唐十郎は屍体を意識していない。狙《ねら》いは屍体の下の土壇である。土壇の底辺まで斬り下げる気迫と力をこめて振り下ろさねば、両車の部位は截断できない。

唐十郎の構えが八相から双手上段《もろてじようだん》にゆっくりと移り、ふいに、シャッという刃鳴りがし、刀身が一閃《いつせん》した。

ゴッ、という堅い骨をたたくような音がし、屍体の下腹部が両断された。

唐十郎の振り下ろした鬼丸は、屍体の下に敷いた糠袋《ぬかぶくろ》まで斬り下げ、土壇まで達していた。斬れ味が鋭かったからだろう、切り口は大きく開かず、両断された下腹部からわずかに茶褐色の液体が流れ出ただけだった。

「みごとじゃ」

綾部が立ちあがった。

左右に控えていた家臣からも感嘆の声が洩れた。

唐十郎はそばに控えている弥次郎の前に刀身を差し出し、柄杓《ひしやく》で水をかけさせると、

「まさに、特上作、笹ノ露鬼丸の名に恥じぬ斬れ味にございます」

といって、綾部に鬼丸を渡した。

唐十郎は斬れ味によって、特上作、上々作、上作の位列に分けていた。最下位を上作としたのは、依頼主の自尊心を傷つけないためである。

藤原鬼丸は文句なしの特上作だった。

「鬼丸に、そちの名と両車截断の銘を切らねばならぬのう」

綾部は満足そうに目を細めて刀身に目をやっていたが、脇に控えていた若い武士に、

「清丸《きよまる》、次じゃ」

と命じた。

清丸と呼ばれた二十歳前後の武士は、ハッ、と応じて刀箱から白鞘の一振りを取り出し唐十郎に手渡した。

刀身を立てて見て、唐十郎は驚愕した。

陽光を受けた刀身が、目を射るような光芒《こうぼう》を発したのだ。

「こ、これは……！」

これも、鬼丸だった。しかし、前の鬼丸とはまるでちがっていた。刃文《はもん》は大海の荒波をかたどったといわれる濤瀾乱《とうらんみだ》れで、地肌には白け映《しらうつ》りといわれる白い筋が銀砂《ぎんさ》を

流したようにはいり、刀身全体が白銀のようにかがやいているのだ。

「これが、京女鬼丸《きようじよおにまる》でございますか」

唐十郎は、女の白肌のような優美さと華麗な太刀姿から京女鬼丸と呼ばれる刀が、鬼丸の初期の作品にあることを耳にしたことがあった。

「そうじゃ。京女鬼丸、二尺二寸五分。まさに、女子《おなご》の玉肌のようであろう」

綾部は微笑していた。

「まことに、目を奪われるような太刀姿にございます」

先ほどの鬼丸より二分長いだけだが、身幅《みはば》が狭いためほっそりとした優雅な刀身に見える。

「だが、美しい女子ほど扱いはむずかしいぞ」

綾部の顔から微笑が消え、唐十郎にむけられた目に光が加わった。みごと、その刀で屍体を截断してみよ、と命じているのだ。

唐十郎はゆっくりと土壇に歩みより、刃先の中央を二《に》の胴《どう》にあてて間合《まあい》を測った。

二の胴は腹部のほぼ中央部で、骨の少ないもっとも截断しやすい部位である。

唐十郎は京女鬼丸の美しさに目を奪われはしたが、すぐに、その脆《もろ》さにも気付いていた。

白い刃文の部分は、沸《に》え（肉眼でも見える大粒）、匂《にお》い（肉眼では判別できない小粒）、と呼ばれる焼き入れの際にできる白い粒で、この部分は硬く刃の部分に適しているが、折れやすくもある。

しかも、この刀は濤瀾《とうらん》乱れと呼ばれる派手な刃文であるうえに、身幅が狭い。このような刀は、斬れ味はいいが折れやすい。

（この刀、硬い骨は斬れぬ）

唐十郎は、そう察知したのだ。

八相から上段に振りかぶると、剣気の昂《たか》まるのを待って、唐十郎は京女鬼丸を一閃させた。

（……斬れる！）

まるで、豆腐《とうふ》でも斬るように、抵抗なく刀身は、糠袋まで達した。手の内を絞らなかったら、土壇まで斬り下げていたろう。

「狩谷、みごとじゃ」

綾部は腰を落としていた床几《しょうぎ》から立ちあがって、唐十郎の方に歩をよせた。

「京女鬼丸、これも特上作にございます」

むしろ、斬れ味は笹ノ露鬼丸より上だった。

「うむ……。だが、そちの腕だから斬れたのじゃ。刀身を見てみるがよい」

綾部は顔を曇らせた。

すぐに、弥次郎に水をかけさせ刃先を見たが、刃こぼれはなかった。つぎに、目の先に刀身をかざして反《そ》りぐあいを見ると、

（……曲がっている！）

ほんのわずかだが、峰《みね》が右手に湾曲し切っ先がかすかに反れていた。

それは、刀身をかざして見なければ判別できないほど微妙なものだったが、あきらかに曲がっている。

突然、唐十郎は冷水を浴びたように全身が粟《あわ》だった。失態だった。試刀家として、依頼された名刀を曲げてしまっては言い訳がたたない。

「未熟ゆえ、不始末を……」

唐十郎はその場に片膝をついて頭をさげた。

「待て、その刀身ははじめから曲がっていたのじゃ。そちの腕だからこそ、折れずに斬れたのだ」

綾部は手を差し出して、唐十郎に立つように促し、

「すまぬな、これにはわけがあってな。清丸、そちから話せ」

と背後に控えていた若侍を振り返った。

「狩谷様、おゆるしください。その鬼丸の二刀、綾部様にお試しをお願いしたのはわたしでございます」

と前に進み出ていった。

4

藤原清丸と名乗った。

二十歳前後だろうか、澄んだ目をした凜々《りり》しい若者だった。筒袖《つつそで》に短袴姿《たんこすがた》で、腰に脇差《わきざし》だけ差していた。綾部家の若党や用人のようにも見えなかった。

「藤原清丸どのと申されると、鬼丸どのの所縁《ゆかり》の者でござろうか」

唐十郎は立ちあがって訊いた。

「はい、先ほどお試しいただいた二刀を鍛えた鬼丸は、わが師にございます」

清丸の話によると、播州津田で十一歳のときに鬼丸に弟子入りし、その後十年ほど刀鍛冶《かたなかじ》として修行を積んだが、昨年病《やまい》のため鬼丸が亡くなったのを機に綾部を頼って江戸へ出たという。

綾部とは、師の鍛えた刀を購入するために津田にきた折りに面識を得て、その後は何かと面倒をみてもらっているそうだ。

「して、二刀を試されたわけは」

「はい、同じ鬼丸の作刀ですが、京女と笹ノ露のちがいを狩谷どのに、確かめていただくためにございます」

「さて、なにゆえに……」

「わが師、鬼丸は臨終のきわに京女鬼丸をすべて折れ、と遺言されました。それゆえ、江戸に出て京女鬼丸を探しておりますが、その所在がつかめませぬ。それで、狩谷どののお力をお借りしたいと」

清丸は訴えるような目をして、唐十郎を見つめた。

「なにゆえ、京女鬼丸を折れと」

太刀姿はことのほか華麗だし、斬れ味も悪くない。脆《もろ》さはあるが、名匠鬼丸の名に相応《ふさわ》しい名刀ではないか。

「はい、師が申すには、刀は人を斬るための武器、京女は刀であって刀にあらずと……」

清丸の話によると、若いころ鬼丸は刀身のもつ美しさに魅かれ、華麗な刃文《ひ》である濤瀾《とうらん》乱れを追究し、銀粒のような美しい沸えや匂いのあらわれるものを打ったという。

「そして、京女鬼丸と呼ばれる、このような優美な刀を鍛えるようになったのでございます。ところが、これをもった京の武士が遊び人と諍《いさか》いをおこし、斬り合ったのですが、刀身が折れ、そのために、武士は遊び人の遣《つか》う無銘の鈍刀《なまくら》に斬り倒されました」

この話を聞いた鬼丸は深く恥じ、手元にあった京女鬼丸をすべて鋳直《いなお》し、以後堅牢鋭利な刀を鍛えることに精進《しょうじん》したという。

「爾来《じらい》、師は粘《ねば》りのある地鉄《じがね》を求め刃文も小乱《こみだ》れで、できるだけ沸えや匂いを少なくし、地味だがよく斬れる丈夫な刀を鍛えるようになりました。そして、晩年に到達したのが、この笹ノ露鬼丸でございます」

鬼丸は、臨終の床に内弟子の清丸を呼び、笹ノ露鬼丸を抜いて、しみじみと刀身に見入りながら、清丸に言い遺《のこ》したという。

「刀の美しさは外見にあらず、折れず、曲がらず、よく斬れるものにこそ、刀本来の美しさが宿る、と申しました。……そして、わたしに、京女鬼丸をこの世に残すのは無念でならぬと申し、何とか探し求めて処分するよう命じられたのでございます」

「なるほど……。して、京女鬼丸は何振りほど打たれたのです」

唐十郎は鬼丸のいうことが理解できた。見た目の優美な刀剣より、実戦で威力を発揮する堅牢鋭利な刀剣のなかにこそ、魂を揺さぶるような美しさのあることを、唐十郎も長年の試刀をとおして感じていたからである。

「八振りにございますが、すでに、京、大坂で所持しておられた方には、笹ノ露鬼丸と交換していただき、処分してございます。さらに、綾部様が所有しておりましたこの一振りも処分のお許しを得ておりますれば、……残るは三振り」

「その三振りの所持者は、判明しておるのか」

「いえ、それが、まったく。……ただ、江戸にあるらしいことだけはつかんでおります」

当時、鬼丸は江戸の大身の旗本の依頼で作刀することが多かったという。江戸に来てすぐに鬼丸より聞いていた納刀先の旗本三家に出向いたが、綾部家以外は行方《ゆくえ》が分からぬという。

一振りは三百石の旗本島津《しまづ》家に納刀されていたが、当主の郁之助《いくのすけ》が辻斬りに襲われ帯刀していた京女鬼丸を奪われた。もう一振りは、一千石の大身丸橋《まるばし》家に納められ、これは研《と》ぎ師に出した折りに盗賊に強奪され、その後の行方は分からぬ、ということ

いうことらしい。

だった。

「もう、一振りは」

「い、いずれに、あるやら……」

清丸は言葉を濁《にご》した。残る一振りの行方はまったくつかめていないということらしい。

そのとき、ふたりのやりとりを聞いていた綾部が、

「わしがな、そちの名を出したのじゃ。試刀家なれば、江戸にある京女鬼丸の噂《うわさ》を聞いているやもしれぬと思ってな」

そういって、唐十郎の反応をうかがうように見た。

「いえ、耳にした覚えはありませぬ」

唐十郎は、京女鬼丸を見るのも初めてだった。

「うむ……。どうじゃ、清丸が京女鬼丸を探す手助けをしてはくれまいか」

綾部がいった。

「拙者、しがない市井《しせい》の試刀家でございます。京女鬼丸のことを心におき、刀の目利きや試刀を依頼されました折りに、それとなく尋《たず》ねてみるほどのことしかできませぬが」

「それでよい」

「なれば、微力ながら……」

綾部にじきじき頼まれて、否《いな》、とはいえなかった。相手は幕府の大目付である。それに、唐十郎自身、外見は優美だが武器として欠陥のある京女鬼丸を折りたい、と死に際に念じた刀工としての鬼丸の気持ちが分かるだけに、清丸に手助けしてやりたいという気になったのだ。

唐十郎と弥次郎は綾部から試刀料としては破格の五十両という大金をもらい、清丸を連れて屋敷を出た。

「狩谷様、小宮山流居合の指南もしてはいただけませぬか」といい出した清丸の懇願を、しかたなく承諾《しょうだく》したのだ。

松永町の唐十郎の家に着くと、清丸はさっそく稽古着《けいこぎ》姿になって道場に出た。道場内に、竹刀《しない》の音が響くのは久しぶりのことだった。

「清丸どのは、何流を学ばれた」

唐十郎は清丸の腰の沈んだ安定した構えから、すでに相応の剣の修行を積んでいることを見てとっていた。

「鍛冶《かじ》修行のかたわら、ちかくの直心影流《じきしんかげりゅう》の吉岡《よしおか》道場にて、手解《てほど》きを受けました」

清丸は頬を赤らめていった。

「吉岡道場……」

直心影流は江戸でも盛んだったが、吉岡の名は聞いたことがなかった。おそらく、江戸で学び、免許を得たのち播州で道場を開いた者であろう。

「なにゆえ、居合を学ばれる気になった」

弥次郎が訊いた。

「はい、刀鍛冶として生きていくつもりでおりますが、剣を遣う者の立場からも刀を見てみたいと存念いたし、それには刀を巧《たく》みに遣う居合を学ぶのがよいのではないかと。……それに、これ以上、綾部様の元に逗留するのも気がひけまして」

清丸はぼんのくぼに掌《たなごころ》をやって、顔を赤くした。

どうやら、綾部家の止宿《ししゅく》が気詰まりだったらしい。この若者は内弟子として小宮山流居合の道場に住みこめば一石二鳥と考えたようだ。

「とにかく、しばらくは、小太刀《こだち》を遣っての寄《よ》り身《み》と間積《まづも》りの稽古だな」

小宮山流居合は、富田流《とみたりゅう》小太刀の分派であり、小太刀のもつ寄り身と見切《みき》りの極《ごく》意《い》をとりいれていた。

それに、居合は抜き身の敵と近間《ちかま》で対峙《たいじ》するため恐怖心を克服することが、何より大事だった。その恐怖心を克服するために、小宮山流居合は、まず小太刀から修行にはいる。

「若先生、わたしが、しばらく相手しますよ」

弥次郎は久しぶりで稽古ができるのが嬉《うれ》しいらしく、自分から板壁にかかっている一尺二寸の小太刀用竹刀《しない》をとってきて、清丸に手渡した。

小宮山流居合も、竹刀の稽古の際には、他流と同様の面《めん》、籠手《こて》、胴《どう》の防具を使う。まず小太刀の構えから教え、いくつかの形を教えたあと、打ち合い稽古にはいった。

弥次郎は小宮山流居合の免許をえて、長く師範代をつとめていた遣い手である。

清丸は弥次郎に思うようにあしらわれたが、負けん気は強いらしく、打たれても打たれても、飛びこんでいった。

（……この男、見込みがある）

唐十郎は、その若鮎《わかあゆ》のようなしなやかな体に溢れんばかりの気勢が漲《みなぎ》っているのを見て、強い意気ごみと剣の天稟《てんぴん》とを感じとった。とくに唐十郎が目をとめたのは、時折り見せる踏みこみの鋭さと敵の攻撃に対する反応の迅《はや》さだった。

一時《いっとき》（二時間）ほど稽古をつづけ、清丸の腰がふらついてくると、弥次郎は竹刀を引いた。

「若先生、よければ、明日も稽古にきますよ」

弥次郎は心から嬉しそうに笑っていった。

すでに、四十の坂を越し、唐十郎よりひとまわりも年上だが、新しい門弟へ、稽古をつけるのはことのほか嬉しいようだ。

5

その夜、子《ね》ノ刻《こく》（午前零時）過ぎ――。

コッ、コッ、と、道場の雨戸をたたく音で唐十郎は目を覚ました。雨戸をうつ風の音でも、犬猫の歩く音でもなかった。

まちがいなく人だが、雨戸をたたいているところをみると、夜盗でもないようだ。

唐十郎は枕元に立て掛けてあった愛刀の備前祐広《びぜんすけひろ》を手挟《たばさ》み、足音を忍ばせて寝間から道場へむかった。祐広は父の形見《かたみ》のやや刀身の短い居合刀で、長年の使用で手に馴《な》染《じ》み、滅多なことでは手元から離さない。

薄闇を透《す》かして道場内を見ると、一枚外《はず》された雨戸から月光が射しこみ青白い光のなかに二尺ほどの黒い塊《かたまり》があった。

（……賊か）

唐十郎は祐広の柄《つか》に手を伸ばし、腰を沈めて剣気《けんき》をこめた。

その気配で、モソッと、黒い塊が動いた。どうやら、獣《けもの》のようである。

（猿らしい）

薄闇のなかで、振り返った赤い目が炯々《けいけい》と光っていた。その猿が唐十郎と顔を合わせると、赤い歯茎《はぐき》を見せて嗤《わら》い、床に両手をついて恭《うやうや》しく座礼をした。三尺（約一メートル）はあろうかと思われる、ふてぶてしい顔をした大猿である。

「次郎《じろう》か……」

その猿に見覚えがあった。次郎と呼ばれている大猿である。

次郎と反対側の道場の隅に人のいる気配がした。薄闇を透かして見るとふたつの人影が見える。

「相良《さがら》どのでござるな」

唐十郎は闇のなかの人影に声をかけた。

鼠染《ねずみぞ》めの筒袖《つつそで》に伊賀袴《いがばかま》、顔は覆面で隠していたがその体型に見覚えがあった。相良甲蔵《こうぞう》という伊賀者である。相良は明屋敷番《あけやしきばん》をつとめる伊賀衆の組頭《くみがしら》で、猿を巧みにつかい、妖猿《ばけざる》の異名をもつ忍びの達者であった。

一緒にいるのは、相良の娘で、咲《さき》という。女ながらに、伊賀者で石雲流小太刀《せきうんりゅうこだち》をよく遣う。

「狩谷様、お久しゅうございます」

相良は糸のように目を細めた。笑ったようだ。闇の世界で生きている忍びの頭とは思えない柔和な目をしていた。

唐十郎とふたりは、共に闘ったこともある旧知の間柄だった。

この時代、幕臣としての伊賀者は、江戸城大奥に通じる御錠口《ごじょうぐち》を警固する御広敷番《おひろしきばん》と大名旗本の屋敷替えになった空屋敷《あきやしき》などを管理する明屋敷番とが主な任務であった。

御広敷番も明屋敷番も、御留守居役《おるすいやく》の支配下で幕府の端役《はやく》である。なかでも、明屋敷番はことのほか閑職であったが、相良たちには別に裏の仕事があった。老中や御留守居役の密命をおびて隠密御用《おんみつごよう》をつとめていたのだ。

このころ、公儀隠密として活躍したのは将軍直属の御庭番《おにわばん》で、甲賀《こうが》や伊賀の忍び衆といっても特別忍びの術に長《た》けていたわけでもなく、他の武士と変わらぬ暮らしをしていたのだが、相良とその一党だけはちがっていた。妖猿の異名をもつ相良をはじめ、配下の伊賀者のなかに数人の忍びの達者がいたからである。

唐十郎は以前、御小納戸頭取《おこなんど》の要職にある旗本、久野孫左衛門《ひさのまござえもん》に依頼されて家臣の切腹の介錯《かいしやく》をしたことがあったが、それが縁で久野家をまきこんだ政争に首を突っ込み、相良たちとともに当時南町奉行で妖怪《ようかい》と恐れられた鳥居耀蔵《とりいようぞう》の陰謀をあばいたことがあった（『鬼哭《きこく》の剣』祥伝社文庫）。

その後、何度か相良に頼まれて試刀家としての腕を貸したこともあったし、唐十郎の方でも忍びの腕を借りたこともあった。

その相良と咲が深夜、忍んできているのだから、何か依頼の筋があってのことであろう。

「相良どのも、咲どのも、息災のご様子……」

そういいながら咲に目をやると、食い入るような目で唐十郎を見つめている。

咲は何もいわなかったが、気丈そうな目の奥に女の情念を押し殺したような光があった。一度だけ、唐十郎は咲と夜をともにしたことがあったのだ。

「狩谷どの、清丸どのはいずれに」

相良が訊いた。

「奥の座敷で眠っているが……」

どうやら、二人は清丸にかかわることで忍んで来たらしい。

「綾部様より、唐十郎どのが清丸どのとともに京女鬼丸を探している、との話を聞き参上しました」

「どういうことだ」

まさか、相良たちが京女鬼丸にかかわっているとは思ってもみなかった。

「唐十郎どの、昨今、江戸を騒がせている大塩救民党なる盗賊をご存じでござろうか」

「話には聞いている」

「われらは、ご老中、阿部正弘《あべまさひろ》様の命で、密かにその賊を追っております」

「ほう……」

これも意外だった。町奉行の手の者なら分かるが、隠密御用をつとめる相良のような伊賀者が、老中首座であり幕政の中核にいる阿部の密命をうけて、江戸市中に出没する盗賊一味を追っているというのだ。

「もっとも、直接差配いただいているのは綾部様ですが……」

相良の話によれば、阿部から綾部の下で働くよう命じられ、現在は綾部の指示で動いているという。綾部は長く阿部とともに幕政を担《にな》い、現在は阿部の懐刀《ふところがたな》のような存在だというのだ。

「大塩救民党はただの夜盗ではございませぬ。幕府に不満をもつ浪人集団のようです。このまま放置いたさば、窮民の騒擾《そうじょう》をさそい、幕府の屋台骨を揺るがすような事態にもなりかねませぬ。綾部様もつよく、このことをご懸念され、早急に賊を捕縛し背後に潜む者をあばけ、との命にございます」

「その大塩救民党と、京女鬼丸がどうかかわっているのだ」

唐十郎は幕閣の思惑などどうでもよかった。

「すでに、その賊の首領が大坂で乱をおこした大塩平八郎の所縁《ゆかり》の者らしいことと、その者の差料《さしりょう》が、京女鬼丸らしいことをつかんでおります」

「なに、賊の首領が、京女鬼丸を……」

すると、行方の知れぬ京女鬼丸のうちの一振りであろうか。それにしても、唐十郎は腑《ふ》に落ちなかった。盗賊の差料として相応しくない。外見は美しいが折れやすい刀は、盗賊の武器として適さないはずだ。

「ご不審はもっともでござる。ですが、その首領は陰で賊をあやつり、押し込みには加わらないようでございます」

「どうして、そやつの差料が京女鬼丸と知れた」

「はい、すでに、狩谷どのもご承知とは存じますが、京女鬼丸の刀身は仄白《ほのじろ》く、他の刀より強く光を反射《はね》ます。賊の首領は一味の前で、その刀身を御神刀のようにかざし、命令をくだすのでございます」

相良は一度、かれらが商家を襲った後を尾行し無住の荒れ寺で、首領が差料を抜き、京女鬼丸と刀銘を告げるのを耳にしたという。

「うむ……」

賊は大塩平八郎の残党を名乗る浪人集団のようである。ただの夜盗とはちがう。あるいは、かれらの間に特別な意味があって京女鬼丸は、奇跡を生む神刀のように崇《あが》められているのかもしれない。

「狩谷様、なにとぞ、お力添えを」

相良は、賊の所在をつかんだら知らせるので、手を貸してほしい、といった。

「ま、待て、おれは盗賊を相手にする気などないぞ」

相手は幕府も手を焼くような賊である。一試刀家の力などでどうにかなる相手ではない。それに、清丸の手助けを承諾したのは、京女鬼丸の探索についてだ……。

「われらも、ただとは申しませぬ。たしか、狩谷様は、介錯や討っ手の助勢も生業《なりわい》になされていたはず。われらは、討っ手のご助勢を依頼にきたわけで……」

相良の目が、また糸のように細くなった。

「それは、そうだが……」

相良のいうとおりだった。市井《しせい》の試刀家のところへなど滅多に依頼はない。生計《たつき》をえるために、切腹の介錯もするし、仇討ちや討っ手の助勢なども引き受けていた。しかし、危ない橋は渡らないのが、こうした稼業で生き延びる秘訣なのである。

「まず、百両ご用意いたしましたが」

「百両か……」

唐十郎はチラッと相良のわきにいる咲に目をやった。百両は大金だ。それに、相手が盗賊の首領なら斬殺しても、町方から追われるような懸念もない。

咲は無言だったが、唐十郎を見つめた蠱惑《こわく》的な黒瞳《こくとう》がチラッと動き、唐十郎様、また、ご一緒に仕事ができますね、と誘っていた。

「京女鬼丸を所持している男を斬るだけでよいか」

「それで……」

「承知した」

咲の誘いはともかく、百両の金は魅力的だった。それに、義賊の仮面をかぶって殺《さつ》戮《りく》をつづける大塩救民党にたいする反感もあった。

「とりあえず、手付け金として、五十両、持参しました。……次郎！」

相良の声で、道場の隅にいた大猿が風呂敷包みを持って唐十郎の前にあらわれた。

唐十郎の膝先に座りこんだ猿は、なんとかその結び目を解《ほど》こうとするが、なかなか解けない。首を横にかしげたり、指先を覗《のぞ》いたり……。

唐十郎は知っていた。猿の滑稽《こっけい》なしぐさに気を奪われている隙《すき》に、相良と咲は姿を消すのである。

思ったとおり、猿が結び目を解き、切り餅をふたつつかみ出したとき、二人の姿は道場から消えていた。

6

野分《のわき》でもくるらしく、湿り気をふくんだ生暖かい風が、大川端を吹きぬけていた。

水量の増した川面は白く波立ち、岸辺の柳は泣き叫ぶように枝を揺らしている。

薄墨《うすずみ》を掃《は》いたような天空にうすい満月が出ていたが、黒雲が西の空を覆《おお》い、ちぎれ雲が礫《つぶて》のように流れていた。

浅草黒船町《くろふねちょう》の大川端を貉《むじな》の弐平が、猪首《いくび》をさらに引っこめ、甲羅《こうら》のなかに首をちぢめる亀のような格好で歩いていた。

「旦那、早《はえ》えとこ、帰《けえ》っていっぱいやりやしょう」

弐平は前を歩く同心の岡部忠八郎《おかべちゅうはちろう》に声をかけた。

「そうだな、こう荒れてちゃァ、話も聞けんからな。すこし、急ぐか」

岡部は着流しの小袖の裾《すそ》をつまみあげて、後ろ帯に挟んだ。

まだ、暮れ六ツ（午後六時）を過ぎたばかりで、店じまいには早かったが、通りに軒を並べる店はほとんど雨戸を閉めていた。荒れ模様のせいか、人通りはまったくなく、縄暖簾《なわのれん》の飲み屋や一膳飯屋《いちぜんめしや》などの奥からわずかに灯明《あかり》が洩れてきていたが、ひっそりとして客のいる様子もなかった。

同心の岡部と弐平は大塩救民党の足取りを追って、浅草界隈《かいわい》を聞き込みにまわっていたのだが、これといった話は聞けなかった。

大塩救民党が、諏訪《すわ》町の佐賀屋を襲撃してから十日経つ。店の者が皆殺しにあったこともあり、調べはなかなか進まなかった。

「だ、旦那、それにしても、畠山の旦那と弥八を殺《や》ったのは、どんな野郎なんでしょうね」

　弐平は強風のなかで声を大きくした。

「辻斬りかもしれぬ。だが、相当な遣い手だ」

　岡部は風にむかい、顎を突き出すようにして歩いていた。

　同心の畠山と岡っ引きの弥八が殺された事件の調べも進展していなかった。同心が惨殺されたことで、南北の奉行所は総力をあげて犯人を探したが、それらしい人物も浮かんでこなかった。

「あっしは、救民党と同じ夜に出やがったのが、引っかかるんで」

「なにか、つながりがあると思うのか」

　先を行く岡部が振り返った。鬢《びん》のほつれ毛が風に流れる。

「へえ、そんな気がするだけなんですが……」

　弐平は呟《つぶや》くようにいった。

「今度の捕物は奉行所だけじゃァねえ、火盗改《かとうあらため》の内藤《ないとう》様が、じきじきに乗り出してるらしいぜ。おそらく、お上のお達しだろうがな」

　火盗改とは火付盗賊改方《ひつけとうぞくあらためがた》という幕府の役職で、おもに火付けや凶悪な賊の取り締りにあたっていたが、南北の奉行所とは異《こと》なった組織で、特異な機動性をもった特別警察と考えればいい。この時（弘化《こうか》三年）、火盗改の長官は内藤安房守忠明《あわのかみただあき》である。
幕府がこの火盗改の長官に命じて、大塩救民党の捕縛にあたらせたということは、為政者が、ただの夜盗とはちがうという認識をもち、つよい危惧をいだいたあらわれでもあろう。

「……義賊ぶってるのが気にいらねえ」

弐平は、ペッと唾《つば》を吐いた。その唾が風に飛んで、川端の叢《くさむら》のなかに突き刺さるように消えた。

「いっこうに、調べが進まねえのも、そのせいよ」

岡部のいうとおりだった。
一味を召し捕らえた者や情報を提供した者には、相応の褒美《ほうび》があたえられる旨《むね》のお触れが出たが、訴え出る者は皆無だった。被害にあいそうな大店の者はべつだが、江戸の市民の多くは、大塩救民党を大塩平八郎所縁《ゆかり》の義賊と崇め、訴人となることを拒《こば》んだのである。

大塩平八郎の乱は、天保八年（一八三七）二月に大坂でおこった。元幕府の与力で陽明学者《ようめいがくしゃ》だった平八郎は、天保の飢饉《ききん》で苦しむ窮民たちを救おうと、その救済策を奉行に建言し、大坂の豪商たちにも助力を求めるが受け入れられず、ついに私塾洗心洞《せんしんどう》の門弟と謀《はか》って蜂起する。

一団は『救民』と染め抜いた旗をおしたてて、大坂城にむかうが、統率のとれた反乱でなかったために、わずか半日で鎮圧されてしまう。当然、一味の追及は厳しさをきわめるが、平八郎と養子の格之進《かくのしん》だけはなかなか捕縛されなかった。

その間、大坂市内は火事の後の復旧のため、窮民の仕事がいっぺんに増え、大塩たちの蜂起を世直しと称し、ありがたがったのである。

その後、大塩父子は大坂市内に潜伏していたところをつきとめられるが、捕縛にむかった大坂城代の家老の目の前で、火薬をつかって爆死する。父子が爆死したため、面体《めんてい》が識別できず、「死んだのは、大塩にあらず、影武者なり」などと、まことしやかに噂が流れた。

そして、飢饉《ききん》や米価の高騰《こうとう》などで社会不安がたかまると、全国各地で大塩残党や大塩門弟を名乗って蜂起する者が後を絶たず、領主や豪商などを震えあがらせたのである。

江戸の大塩救民党を名乗る一党が、江戸市民に義賊と崇められ、町方の捜査に協力的でなかったのも、こうした背景があったからなのだ。

そのとき、岡部と弐平は大川端を風にむかって歩いていたが、ふと、後ろからいく

弐平が岡部に身をよせ、

「だ、旦那、あの男の背中……」

と、肩越しに声をかけた。

ふたりの半町ほど前方、大店の海鼠塀《なまこべい》の陰から、ひょいと通りに姿をあらわした男がいた。船頭の着る印半纏《しるしばんてん》に黒の細い股引《ももひき》、三十前後の色の浅黒い痩せた男で、背をまるめるようにして歩いていく。

その男の背を弐平が指差した。

「あの男、夜鼠《よねずみ》の仙造《せんぞう》のようですぜ」

「……らしいな」

夜鼠の仙造は、もと両国界隈を縄張《シマ》にしていた岡っ引きだが、昨年まで南町奉行だった鳥居耀蔵の腰巾着《こしぎんちゃく》として、同心や仲間の岡っ引きなどの動向を嗅ぎまわり、密告していた男である。

鳥居は、ときの老中水野忠邦《みずのただくに》にとりいり、水野が幕政の立て直しのために断行した奢侈禁止令《しゃしきんしれい》を徹底すべく違反者を厳罰に処したが、その陰湿、過酷な性格から妖怪と恐れられた。

仙造は、鳥居のやり方に反発したり、取り締りに不熱心な同心や岡っ引きの動向を密かに探って密告していたのである。夜出歩くことが多く、仲間うちから夜鼠の仙造と呼ばれて嫌われていた。

その後、水野は天保の改革の失敗で失脚し、つづいて鳥居も江戸から追放されると、夜鼠の仙造も仲間うちの仕返しを恐れて江戸から姿を消してしまった。

その仙造が、ひょっこりふたりの前に姿をあらわしたのである。

「たしか、仙造は、殺された畠山の旦那を密告《サシ》たことがありますぜ」

むろん、表だって批判はしなかったが、畠山は鳥居の過酷な取り締りに内心反発していた。畠山は、小料理屋の若い女将《おかみ》がご禁制の本繻子《ほんじゅす》の帯を締めているのを見逃したことがあったが、それを目撃した仙造が鳥居に密告したのである。

畠山はすぐに取り調べをうけ、あわや、罷免《ひめん》ということになったが、その断がくだる直前に鳥居が失脚し、ことなきをえたのだ。

「仙造は、なにか知っているかもしれんな」

岡部は跳ねるような足取りで、仙造の後を追った。弐平も遅れまいと、走り出した。

風が強くなり、暮色が江戸の町を色濃くつつみはじめていた。

仙造は、黒船町から三好《みよし》町にはいった。その先には浅草御蔵で天領から運ばれてきた年貢米を収納する蔵が、夕闇のなかに連なっていた。

風を避けるためであろう。一番堀から八番堀まである横堀に引きこまれた大小の船が、夕闇のなかで折り重なって揺れていた。船体が軋《きし》み、林立する帆柱が風を切って、ひょうひょうと鬼の哭《な》くような音を響かせていた。

「弐平、追いつくぞ」

そういうと、岡部は急に走り出した。

7

「待ちな、仙造」

追いすがった岡部が声をかけた。

その声に、仙造は足をとめ、ふたりを振り返った。浅黒い狐のような顔の口元にうすい嗤《わら》いが浮いている。

「これは、岡部の旦那、お久しぶりで……」

そういいながら、仙造は左手の家並がつづく方に視線をまわした。

仙造の視線の先を見ると、雨戸を閉めた商家の間の露地から、武士がひとりゆっくりとした足取りで近付いてくる。

黒羽織に縦縞《たてじま》の袴、旗本か御家人と見える武士だった。武士は微笑しているのか、目が糸のように細く、白い豊頰《ほうきょう》の口元にちいさなくぼみが見えた。

「ヘッ、へへ、ここらが、ちょうどいいようで」

仙造はそういうと、ニヤリと嗤い、跳ねるように二、三歩後ろにさがった。

ゆっくりとした足取りで、ふたりに近付いてきた武士は、

「南町奉行所、岡部忠八郎どのでござろうか」

そう、薄笑いを浮かべたまま訊いた。

「いかにも、岡部だが、お手前は」

武士に殺気はなかった。

だが、岡部は人のよさそうなその武士が異様な雰囲気をただよわせているのを感じとっていた。

そのとき、ふと、武士は天空の月を見上げた。その顔が月光を浴び白い能面のように浮かびあがった。笑っているわけではなかった。酷薄そうなうすい唇が歪《ゆが》み、細い目が底光りしている。そののっぺりした一見福々しい顔は、骨の凍りつくような冷酷さを秘めていた。

「ひとは、恵比寿の吉兵衛などと申します」

武士は呟くようにいった。

そのとき、岡部の背後にいた弐平は、竪川縁《たてかわべり》で斬られた弥八が死に際に恵比寿といったのを思い出した。

「こいつだ！ 畠山の旦那を殺《や》ったのは」

弐平が叫んだ。

岡部もすぐに、眼前の吉兵衛と名乗った武士が、同僚の畠山と岡っ引きを斬った張本人であることを察知した。

跳ねるように一歩退いた岡部は、すぐに抜刀して星眼に構えた。

「旦那、こいつァ強《つえ》え、逃げたほうがいい」

腰に差した十手を引き抜きながら、弐平がいった。

弐平は、一太刀で畠山の腹を截断した斬り口を見ていた。弐平のような剣に疎《うと》い者でも、尋常な遣い手でないことは知れた。

「弐平、呼び子を！」

岡部が叫んだ。

そのとき、激しい憎悪と敵意が岡部の胸にこみあげてきた。対峙《たいじ》した吉兵衛が腕のいい刺客であることは分かった。だが、尻尾《しっぽ》を巻いて逃げるわけにはいかなかった。同僚の畠山を無残に斬殺した男である。敵《かな》わぬまでも捕り手が駆けつけてくるまで持ちこたえねば、同心として顔がたたぬと思った。

ヘイ、と返事した弐平は、すぐに呼び子を取り出して、ありったけの息で吹いた。呼び子の甲高い音は耳元から強風に流され、急に失速するように柳の枝を鳴らし川面を渡る風音にかき消された。それでも、弐平は天空に顎を突きあげるようにして懸命に吹きつづけた。

その弐平の背後に、匕首《あいくち》を抜いた仙造が身を屈めてまわりこもうとしていた。

岡部と吉兵衛との間合は、三間ほど。

横殴りの強風に、ふたりの鬢《びん》のほつれが流れた。

対峙した吉兵衛は緩慢な動作で抜刀すると、いったん上段に振りあげゆっくりと切っ先を下ろした。細い銀蛇《ぎんだ》のような刀身が、月光を受けながら半円を描き、ぴたりと星眼でとまった。

岡部は、喉元につけられた剣尖《けんせん》のむこうに、スッと吉兵衛の体が遠ざかったような気がした。剣尖を利《き》かす、というが、岡部は長槍でそのまま突かれるような強い威圧感を覚えた。

（……できる！）

岡部の背筋を凍りつくような戦慄がはしった。

フッ、と吉兵衛がその剣尖をはずし、刀身を縦一文字に立てた。しかも、右手一本に持ち刀身を返して盾のように構え、身を引いて半身になったのだ。

そのときだった。刀身が月光を反射《はね》て、ギラッと青白く光り、光芒を放ちながらゆらゆらと揺れ出した。その青白い光芒の翳《かげ》で吉兵衛の姿が、遠く霞《かす》んだ。

（幻術！）

岡部は目を剝いた。

「陽炎《かげろう》の剣でござる……」

吉兵衛が呟くようにいった。

いいようのない恐怖を感じた岡部が、星眼に構えたまま一歩後退した瞬間だった。

青白い光芒が、雷光のように頭上に伸びた。

（上段から、斬りこんでくる！）

と察知した岡部が、斬撃を避けようと横一文字に刀身をとった。その刹那《せつな》、フッ、と光芒が消え、腹部に灼《や》けるような衝撃がはしった。

腹を斬られ、のけ反るように倒れる岡部を目の端でとらえた弐平は、

（こうなったら、足で逃げるしかねえ）

と、覚悟を決めた。

弐平は十手を突き出すように構えて、猛然と川岸側にいた仙造の正面に突っ込んでいった。その激しい突進に、一瞬たじろいだ仙造が一歩脇へ身をよせた隙《すき》をついて、弐平は一気に土手を駆けあがろうとした。

だが、弐平は背後に土手際の叢《くさむら》をかきわけて走りよる足音を聞き、頭上から覆いかぶさるような殺気を感じた。

（……迅《はえ》え！）

弐平は岡部を斬った吉兵衛が、背後に急迫しているのを気配で察知した。

懸命に走った。

背後を振り返って見る余裕はない。弐平にとって、吉兵衛を振り切って川へ身を投じるより他に凶刃から逃れる方法はなかった。

弐平が土手の上に駆けあがり、汀《みぎわ》につづく土手際から身を躍らせようとした瞬間だった。弐平は耳元で風を切る刃唸りを聞き、肩口にかるい衝撃を感じた。

斬られた！　と感知するのと、弐平が川面に身を躍らせるのと同時だった。

た。

弐平は懸命に泳ぎ、川岸から離れるとそのまま流れに身をまかせて下流にむかった。

土手の上に、川面に目をやっているらしいふたつの人影が見えた。どうやら、仙造と吉兵衛はそれ以上追ってはこないようだった。

川は水かさが増し、強風に荒波がうねっていた。とても、対岸まで泳ぎきれなかった。近付いてくる船もない。肩口の傷はどの程度だったのか、弐平は痛みも出血の気配もほとんど感じなかった。

浅草御蔵の手前の渡し場から、弐平は這いあがった。水をふくんだ袂や裾を絞り、松永町にある家にもどるつもりで歩き出すと、急に肩口に灼《や》けるような激痛を感じた。背中を伝う熱い血の感触もあった。

(骨まではとどいてねえが、浅くはねえ)

一刻も早く、傷口を手当てする必要があった。

弐平の家は、松永町で『亀屋《かめや》』というそば屋をやっていた。店の切り盛りをしている女房のお松《まつ》が、家にいるはずだった。

弐平が亀屋にたどりつく前に雨が降ってきた。大粒の雨が、ポツ、ポツ、ときたと思うと、ふいに横殴りの雨が弐平の行く手をふさぐように襲ってきた。

（こんなところで、くたばってたまるかい）

弐平は歯を食いしばって歩いた。

やっとのことで、亀屋にたどりついた弐平は、背中にべっとりついた血に動転するお松を叱りつけ、傷の手当てをさせた。

お松は震える手で、弐平の指示どおり酒で傷口を洗い、止血のために油薬《あぶらぐすり》を塗って厚くさらしを巻いた。

「お松、番屋《ばんや》に知らせろ」

斬られた岡部を放ってはおけなかった。あのとき、必死で吹いた呼び子が町方の耳に届いたかどうか、弐平には分からなかった。

「お前さん、玄庵《げんあん》先生を連れてくるよ」

お松は気をとりなおして、風雨の強くなった通りへ首を傘の中に突っ込むようにして飛び出していった。玄庵というのは、近くに住む町医者である。さいわい、番屋も町医者も近かった。

お松が閉める雨戸の音を聞くと、ふいに弐平の全身を激しい疲労が襲った。店の畳敷の部屋に殴りつけられたように身を投げ出し、弐平は泥のようにねむった。

8

野分《のわき》は去った。

蓋《ふた》をとったように、からりと晴れた秋空がひろがっている。風雨に倒されたすすきや蓬《よもぎ》の下から、細い声で鳴き出した虫の声が聞こえてきた。

唐十郎は松永町の道場のつづきにある家の縁先に出て、庭に目をやっていた。周《まわ》りを黒板塀《くろいたべい》でかこまれた狭い庭は雑草が生い茂り、風で吹き落とされた樫《かし》の葉や小枝が散乱している。

風雨は未明におさまり、五ツ（午前八時）ごろになって慌てた様子でおかねが顔を出した。おかねは、傷《いた》んだところがあったら、うちの人をよこすから、といって家のまわりを見ていったが、とくに大工の手をかけるようなところもなかったらしい。

剝《は》がされた塀や折れた樫の枝などは、朝のうちに清丸が片付けたようだった。唐十郎はおかねが持参した朝餉を食べると、縁先に出て、ぼんやりと庭先を眺めていた。

所帯持ちの弥次郎は家の後片付けでもあるのか、道場に姿を見せず、清丸はひとりで道場にはいり、居合の稽古をつづけている。

清丸の気合が、時折り秋風に乗って聞こえてきたが、唐十郎は相手をする気はなかった。いまさら門人を育成する気もなかったし、稽古で汗を流すのも億劫《おっくう》であった。多くの人を斬殺し、屍体を試し斬りにして暮らしをたててきた唐十郎にとって、道場での稽古は鈍《なま》った体を絞るほどの役にしかたたなかった。

庭の叢《くさむら》のなかに、小さな石像がいくつも並んでいた。

五、六十体はあろうか。どれも身丈《みのたけ》が一尺二、三寸の石仏である。これは、唐十郎が己の手で斬殺したり介錯したりして命を奪った者の供養《くよう》のために、ちかくの石屋に頼んで彫ってもらったものなのだ。それぞれの背に名と享年《きようねん》が刻んである。

ふだんは、まったく手をかけないため雑草が生い茂り、とくに夏場は丈《たけ》の高い草や蔓草《つるくさ》に覆《おお》われて、石像の姿も見えないようなありさまなのだが、昨夜の風雨で草が倒れ、蔓草が飛ばされて、そのほとんどが姿をあらわしていた。

見ると、どの顔も、ほっとしたような穏やかな顔をして、爽《さわ》やかな秋の陽射しを浴びている。

（……微笑《わら》っている）

唐十郎は、それぞれの石仏からちいさな笑い声が聞こえてくるような気がした。

不思議なもので、目や口を小さく刻んだだけの粗末な顔なのだが、その日の天候や見る者の心を映して豊かな表情を見せるのだ。

唐十郎には妻や子もなく、首を刎《は》ね、死骸を截断して暮らしているが、罪業を背負っているような暗さも、社会的な蔑視にたいして肩肘を張るような敵愾心《てきがいしん》などもない。どこか、諦観した飄々《ひょうひょう》としたものがある。

唐十郎には野晒《のざらし》という異名があった。この荒れた庭と石仏の並ぶ光景からつけられたものだが、飄々と秋風にただよっているような唐十郎の生き様が、石仏と重なって野晒を連想させるのかもしれない。

昨夜の強風のためだろう、庭の先の黒板塀が一枚剝げ落ちていた。その隙間に、唐十郎は目をやって、はて、と思った。

浅葱色《あさぎいろ》の法被《はっぴ》に股引姿の中間《ちゅうげん》ふうの男が、なかを覗くようにして通った。唐十郎が、その浅葱色の法被を見るのは二度目だったのだ。

(……なかの様子をうかがっているようだ)

相良どのの手の者か、と思った。

日中から、押し込みや盗人が道場や家の様子をうかがうはずはなかった。隠れ家にでもするというなら別だが、金品の強奪のために荒れ道場を狙う者などいるとは思えなかったのだ。

相良の手の者が、それとなく様子をうかがうとすれば清丸のことだろうと、唐十郎は思った。考えてみると、清丸のことでは、腑に落ちないことがいくつかあった。相良が、道場に姿を見せたときから清丸のことを気にしていたし、襲撃者を警戒するような口振りもあった。それに、大目付の要職にある綾部が、面識があったとはいえ、刀鍛冶の弟子を屋敷内に逗留させて面倒をみていたというのも不自然である。あるいは、何か、清丸には秘密があるのかもしれない。

（やがて、知れよう）

案ずることもあるまい、と唐十郎は思った。たとえどのような災禍にみまわれようと、唐十郎には廃《すた》れた道場ぐらいしか失うものがないのだ。

四ツ半（午前十一時）ごろ、枝折《しお》り戸の方でせわしそうな下駄の音がし、島田髷《しまだまげ》の派手な身なりの女が庭先に姿をあらわした。

その顔に見覚えがあった。

名はお松。貉の弐平という岡っ引きの女房で、同じ松永町で亀屋というそば屋を切り盛りしている。

唐十郎が討っ手や介錯などを依頼されたとき、その探索や身元調査などを弐平に頼むことがあり、亀屋にもときどき顔を出すので、お松とは顔見知りであった。

派手好きで、まだ二十歳そこそこ、中年の弐平には若過ぎる女房である。

そのお松が顔をこわばらせ、ひどく慌てていた。

「か、狩谷様、う、うちの亭主が……」

「弐平がどうした」

「き、斬られたんです」

お松は、肩口を斬られ、家で寝ているので来てほしい、と唇を震わせていった。

「いつだ」

「夕べ。……うちの人、大川に飛びこんで、血だらけになって帰ってきたんですよ。あたしが、すぐに、番屋に走って、それから、玄庵先生を連れてきたんです」

お松の話は要領を得なかったが、弐平は何者かに斬られ、家まで逃げ戻ったらしいことと、すでに玄庵の治療も受けているらしいことは分かった。

「とにかく、すぐ、いってみよう」

唐十郎は祐広をつかんで立ちあがった。

「野晒の旦那、面目ねえ」

店の奥の座敷で寝ていた弐平は、顔をもたげて苦笑いを浮かべた。

濃い眉《まゆ》とぎょろりとした目が貉に似ていることから、その名がついたのだが、ふだんの弐平らしい人を食ったような素振りはなかった。鬢《びん》は乱れ、浅黒い肌は土気色をしていた。声にも弐平らしい元気がない。

「どうだ、具合は」

唐十郎は枕元に座した。

「なあに、てえしたことはねえんで……。肩口を一太刀だけ」

玄庵の診断《みたて》は、命に別条はないが、傷口がふさがるまで安静が必要ということらしかった。

「何があった」

唐十郎が訊いた。

「夕べ、恵比寿様《えびつさま》に出会っちまって。あっしは、何とか逃げられたんだが、岡部の旦那が……」

弐平は天井に目を剝いて悔しそうに昨夜の経過を話した。

「その武士の剣が光ったというのか」

同心の岡部が一太刀で斬殺されたことを聞いて、唐十郎が聞き返した。岡部もかなりの遣い手である。剣が光ったという弐平のことばに、ただの剣技とはちがう異様なものを感じたのだ。

「へい、陽炎の剣とかいいやした」

「陽炎の剣……」

唐十郎は、剣名があるところから偶然月光を反射《はね》たのではなく、特異な必殺技だろうと思った。だが、そのような剣を遣う剣客も、流派も聞いたことはなかった。

「旦那、それに、夕べはあっしらだけではねえんで」

弐平によると、ほぼ同時刻に深川の干鰯《ほしか》、魚油《ぎょゆ》を扱う黒田屋《くろだや》という魚油問屋が大塩救民党に襲われ住人が皆殺しにあい、千五百両が強奪されたというのだ。

「またか、それで、今度の御救金はどこだ」

今朝方、顔を出したおかねが何もいってないところを見ると、松永町のちかくではなかったらしい。

「……浅草花川戸《はなかわど》の惣兵衛《そうべえ》長屋だったようで」

弐平は、嵐のなかを大勢の町方が出動したが、岡部を斬殺した恵比寿の吉兵衛も大塩救民党も逃がしたようだ、といまいましそうにいった。

「嵐の夜を狙ったのかもしれぬな。……ところで、弐平、おれを呼んだのはどういう魂胆《こんたん》からだ」

弐平の指示でお松は唐十郎を迎えにきたようだが、二つの事件を話すためだったとは思えない。

「ちょいと、あっしを野晒の旦那のところへ居候《いそうろう》させてほしいんで」

弐平は唐十郎の顔を覗くように見ていった。

「お前をか」

「へい、ここに居るのは危ねえんでね。あっしらを襲った恵比寿の野郎を手引きしたのは、仙造っていう昔の仲間なんで……。あっしが生き延びたと知れば、まちがいなくここを襲ってきまさァ」

「………」

「どうあっても、このまま死ぬわけにゃァいかねえんで……」

そういうと、急に弐平の顔が歪《ゆが》んだ。顔をくしゃくしゃにして、岡部の旦那を目の前で見殺しにしちまったもんで……、と泣き声でいった。

「かまわぬが……」

「なあに、動けるようになるまででいいんで。剣術の先生のとこなら、あっしもお松も安心でさァ」

いいながら、弐平は枕元にかしこまって座っているお松にチラッと目をやった。

弐平には、可愛がっている若い女房を巻き添えにしたくないという気もあるらしい。

「おれのとこには先客がいるぞ」

唐十郎は清丸のことを話した。

「そいつは、なおのこと、都合がいい」

弐平はよけい心強いといった。

その日のうちに、弐平は辻駕籠《つじかご》で唐十郎の家に来た。清丸が使っている居間に夜具を敷いて、そこで養生《ようじょう》することになった。

ひとりで寝起きしていた荒れた家に男が三人同居するようになり、活気が生じたようで、おかねなどは、亭主の面倒もみられなくなっちまうじゃないか、などと愚痴をいいながらも以前より頻繁《ひんぱん》に足を運ぶようになった。

第二章　三龍《さんりゅう》包囲陣

1

浅草花川戸町に、鶴乃屋《つるのや》という入り口に縄暖簾《なわのれん》をさげた飲み屋があった。大川端の通りから狭い露地をはいったところにある鶴乃屋は、その屋号とは似つかわしくない薄暗く猥雑《わいざつ》な店だった。

客筋は日銭をつかんだ日傭取《ひようとり》や棒手振《ぼてふり》、船頭、それに浅草寺《せんそう》の参詣人が料理茶屋や船宿などで遊んだ帰りに、酔った勢いでたち寄ることもあった。

鶴乃屋の周辺には、安価で飲ませる店や女郎をおいた淫売宿などが軒を並べていたので、そうした女を目当てにくる客も多かった。

鶴乃屋にも何人かの酌婦《しやくふ》がいて、客が望めば二階に上げて体も売った。三間ある店の二階はそうした客のためにふだんは空《あ》けてあったが、階段を上ってつきあたりの一番奥の座敷にひとりで飲んでいる客がいた。

南町奉行所の同心ふたりを斬った恵比寿の吉兵衛である。本名を青木《あおき》吉兵衛といい、歳は三十一、大坂から江戸に来て一年ほど経つ。

江戸に来た吉兵衛はしばらく浅草元鳥越町《もととりごえ》の棟割《むねわ》り長屋《ながや》に寝起きしていたが、ひょんなことで仙造と知り合い、鶴乃屋を手配してもらってからは、この部屋が吉兵衛のねぐらになった。

四畳半の座敷には、小さな行李《こうり》と行灯《あんどん》、それに隅を仕切った枕屏風《まくらびょうぶ》の陰に夜具が置いてあるだけだったが、閉めきった座敷は息のつまるように狭く陰湿だった。座敷には、女の汗と化粧、それに魚の腐ったような臭いがいつも澱《よど》んでいた。

座敷の片側に格子窓がついていたが、隣家の板壁と柿葺《こけらぶき》の屋根が見えるだけだったので、吉兵衛はめったに開けたことはなかった。

「青木様、お酒はありますか」

障子の向こうで女の声がした。

おたまというこの店に住み込んでいる女である。

上州高崎《じょうしゅうたかさき》の在郷《ざいごう》から借金のかたに十四歳のときに売られてきたという娘で、すでに鶴乃屋にきて五年経つという。肉置《ししおき》の豊かな女で、美人とはいえなかったが、色白でむっちりとした餅肌《もちはだ》をしていた。

吉兵衛はこのおたまが気にいっていた。売女《ばいた》として長く苦界《くがい》の闇の底で生きてきた女にしては、おっとりした性格で嫌味がなかった。娼婦の退廃した色香と童女《わらわめ》のあどけなさをあわせもっているような女だった。

そうした吉兵衛の気持ちを察して、仙造が鶴乃屋に金を握らせ、吉兵衛の身のまわりの世話をさせていたのだ。

「熱いのを、もらおうか」

吉兵衛は障子を開けて顔を見せたおたまに、目を細めていった。膳の上には、飲みかけの酒が銚子に半分ほど残っていたが冷えていた。

「なにか、肴《さかな》もみつくろって持ってきます」

そういうと、おたまは障子を閉めた。

しばらく待つと、おたまが銚子と小丼を持って顔を出した。小丼には里芋《さといも》と牛蒡《ごぼう》の煮付けがはいっていた。階下の客の肴として用意したものなのだろう。少し冷たくなっている。

「おたま、店は忙しいのか」

吉兵衛は、膝先へ来て酌するおたまの白い指先へ目をやりながら訊いた。

ちょうど、五ツ（午後八時）ごろである。一日の仕事を終えて日銭《ひぜに》をつかんだ客に酒がまわり、女と二階へ上がってくるころあいだった。

すでに、ひとつ部屋を隔《へだ》てた先の座敷には客がいるらしく、女の嬌声や酔った男の濁声《だみごえ》、夜具を敷く音などがかすかに洩れてきていた。

「いえ、いつものとおりですよ」

おたまは、襟元の後毛《おくれげ》をかきあげながら物憂《ものう》そうにいった。

吉兵衛が銚子をとって酒をすすめると、おたまは空いた汁椀《しるわん》でうけて、クイクイと煽《あお》るように飲んだ。白い喉が生き物のように動き、フーッ、とひとつ息を吐いて飲み干した汁椀を膳にもどすと、おたまは吉兵衛の脇にすり寄ってきた。

二階の部屋から男の呻《うめ》き声と、ヒイ、ヒイ、という女の喉を裂くような声が聞こえてきていた。

「お峰《みね》さんだよ、あんな、よがり声を聞いてると、あたしまで濡れちまうよ」

おたまはそういうと、吉兵衛の襟元から指先をさしこみ、胸のあたりを撫《な》ぜながら、ねえ、いいだろう、と鼻声を出した。

吉兵衛は無言のままおたまの手をつかんで胸から出すと、立ちあがって部屋の隅に立て掛けてあった刀をつかんだ。

「……また、あれ」

一瞬、おたまの顔が翳《かげ》り、吉兵衛の手元を見つめた目に怯《おび》えが宿った。上目遣いに黒い瞳《め》で見つめながらうすい唇を嚙むしぐさに、売女のふてぶてしさはなかった。

「すまぬなァ、おたま、拙者、これをせぬとその気にならぬ」

吉兵衛は恵比寿のような顔に照れたような笑みを浮かべて、懐《ふところ》から財布を取り出すと、おたまの手に小判を一枚握らせた。

「こんなに……、いいのかい」

おたまのぼってりした顔に、戸惑ったような喜色が浮いた。

吉兵衛は財布をしまうと、刀を抜いた。おたまの鼻先へ突き出された刀身が、行灯《あんどん》の光を映して炎のようにかがやく。京女鬼丸、二尺二寸五分である。

「……き、気をつけて、おくれよ」

おたまは掠《かす》れたような声でそういうと、ふいに、着物の裾を捲《まく》りあげた。

そして、身をのけ反らせ畳に両手をついて体を支えると、痛くないように、しておくれよ、と小声でいい、両足を吉兵衛の前に投げ出した。

吉兵衛はその両足首をつかんで広げると内股に目を落とした。白い餅のような肌に幾筋もの細い傷跡がある。みんな、吉兵衛がここへきてから付けたものだ。

おたまは、内股に注がれた吉兵衛の細い目が、異様な光を宿しているのを見て、身《み》悶《もだ》えするように身をよじった。

「こ、この人、恵比寿様のような顔して、怖いんだから……」

おたまは喘《あえ》ぐような声でいった。

吉兵衛は無言でおたまの白い肌を凝視していたが、思い切ったように京女鬼丸の切っ先をその肌に当てると、わずかに引いた。

ヒッ、という短い悲鳴をあげておたまが身をかたくしたが、それも一瞬で、両足を投げ出したままうらめしそうな視線を吉兵衛におくった。

吉兵衛はおたまの内股に顔を近付け、凝《じ》っと、その傷口に見入っている。

おたまの白い肌に血の線がはしり、その線から、プッ、プッと血が吹き白い肌の上で玉になって、じわじわと滲《にじ》むように広がり、ツーと流れ落ちる。

白肌を伝う血の筋を見据えている吉兵衛の細い目が妖《あや》しく光りだし、恵比寿のような顔が紅潮して赤黒く染まってきた。

「鬼、鬼だよ、この人は……」

と、おたまがうわずった声でいった。

それでも、吉兵衛の目が自分の内股に注がれたままなのを見て、おたまはさらに着物をたくしあげ、股の付け根の黒い茂みまで露《あらわ》にした。

「さァ、もういいだろう、は、はやくぅ……」

おたまが焦《じ》れたようにいった。

吉兵衛は持っていた刀を畳に突き刺すと、おたまの股の間に顔をうずめ、舌で流れる血を舐めはじめた。執拗に傷口を舐めていた吉兵衛の舌は、やがて柔肌を撫でながら股の付け根の方へ這っていく。

おたまは、ウッ、ウッ、という押し殺したような愉悦の声を洩らして身をよじっていたが、たまらなくなったように身を起こし、吉兵衛の肩口に両手をまわして露になった胸に吉兵衛の顔を力まかせに押しつけてきた。


おたまの内股の出血はとまったらしく、一寸ほどの黒い糸のような血の線が見えるだけだった。おたまは、気怠《けだる》いような動作で部屋の隅で赤い襦袢《じゅばん》の袖に腕をとおしている。

隣室から、けらけらと嗤《わら》う女の声がし、念仏のように、ぶつぶつと呟く男の声が聞こえてきた。女が客を連れ込んで、ことに及んだらしい。

「茂平《もへい》だよ。あの爺《じい》さん、もう立たないのにさ……」

おたまは、口元に揶揄《やゆ》するような嗤いを浮かべていた。

隣室から、男と女のやりとりが聞こえたが、おたまのいうように、男の声は老齢を感じさせる嗄《しわが》れた声だった。

吉兵衛は茂平という男を知っていた。五十をかなり過ぎたと思われる船頭で、陽に灼《や》けた赤黒い貧相な顔をしていた。ときどき、鶴乃屋に顔を見せるらしく、二度ほど店の前で顔を合わせたことがある。

酔った勢いで女を抱こうと二階へ上がってきたが、男の物がいうことをきかないのだろう。女の甲高い嘲笑は、そんな男の一物《いちもつ》に浴びせられているようだ。

黙りァがれ、この、売女が、鉄砲女郎《てっぽうじょろう》のくせしゃがって……、などと口汚なく罵《ののし》ってはいるが、一物と同じように首をうなだれているであろう茂平の姿は、腐りかけた魚のようにひどく惨めに思えた。

吉兵衛は上半身を柱にもたせかけ、赤い襦袢の襟を合わせているおたまの白い首筋にぼんやりと目をやっていた。

（……鬼の恵比寿か）

いっそのこと、茂平のように枯れた方がいいのかもしれぬ、と吉兵衛は思った。

2

青木吉兵衛の郷里は山城《やましろ》国の淀《よど》藩だった。

吉兵衛の父、五兵衛《ごへえ》は淀藩の家臣で馬まわり役、七十石を食《は》んでいた。その五兵衛が、藩内で酔ったあげく、無宿者と喧嘩して斬死した。五兵衛の持っていた刀が折れ、無宿者が体ごと突いてきた長脇差が五兵衛の腹を刺し貫いたのだ。

青木家の嫡男《ちゃくなん》だった吉兵衛はすでに元服していたが、青木家の家督《かとく》を継ぐことは許されなかった。武士にあるまじき失態、というのが藩の執政者たちの言だった。

当時、吉兵衛は藩内にあった一刀流《いっとうりゅう》藤川《ふじかわ》派の道場で、師範代をつとめていた遣い手だったので、道場からの手当で何とか暮らしはたった。

その後も、吉兵衛は淀藩にとどまり父を斬った無宿者を探し出して敵《かたき》を討ち、微禄の家臣の娘を娶《めと》って、あらためて家督相続を願い出たが、重臣たちの対応は冷ややかだった。これ以上、青木家のことにはかかわりたくないというのが本音だったのかもしれない。

（江戸へ出てみよう）

と吉兵衛が思いたったのは、父の折れた刀が、津田に住む藤原鬼丸という名の知れた刀鍛冶の打った京女鬼丸という名刀であったことと、その刀がすでに京、大坂にはなく、江戸に数本あるだけだと聞いていたからである。

（……なぜ、京女鬼丸は折れたのであろう）

父の刀が折れたために、不逞《ふてい》の輩《やから》に後《おく》れをとったと聞いたときから、吉兵衛の胸のなかに疑念として残っていた。

確かに、華麗な濤瀾《とうらん》乱《みだ》れの刀身は折れやすいが、父はそれを承知で愛刀として持ち歩いていたはずだ。それに、以前父は同じ刀を揮《ふる》って、深夜裏通りで偶然出会った夜盗をふたり斬ったことがあったが、そのとき、刃こぼれひとつなく、凄まじい斬れ味だ、と驚嘆していたのだ。

鎧《よろい》や硬い骨でも斬ったのならともかく、敵に一太刀も浴びせぬうちに刀身が折れたことが腑に落ちなかったのだ。

(この手で、京女鬼丸を試してみよう)

吉兵衛はそう思った。

もっとも、吉兵衛にはこれ以上藩内にとどまる理由はなかったし、日に日にたかまる道場の門弟や藩士たちの蔑視にも耐えられなくなっていたので、江戸行きは藩を離れる口実でもあった。

いよいよ出奔《しゅっぽん》する前夜、吉兵衛は妻の松枝《まつえ》を斬った。

他人に問われれば、女ひとり後に残すのはあまりに不憫《ふびん》ゆえ、この手で冥途《めいど》に送ってきた、などと話したが、事実はちがっていた。

確かに、父の死の二年後に母親も逝《ゆ》き肉親はいなかったが、妻を江戸に同行することもできないことではなかったのだ。

事実、吉兵衛もそのつもりでいた。だが、江戸行きを打ち明けたその夜、気が昂《たか》ぶっていたのか、いつもより激しく松枝を抱いた。そのとき、雪のように白い肌を斬りたいという衝動に抗しきれず、その太腿を斬り、逆上して寝間から飛び出した松枝に夢中で追いすがり、首を刎《は》ねたのだ。

鬱屈《うっくつ》のなかで妻を迎え、その柔肌に惑溺《わくでき》するうちに、吉兵衛は女の白い肌を斬ってみたいという奇妙な衝動に駆られるようになっていた。そして、血を見ると、異常に興奮して悦楽の高みに達することができるのを経験したのだ。

武士にあるまじき歪んだ情欲だ、と思いはしたが、ときに、押さえがたく激しく体の内から突きあげてくる。

さらに、吉兵衛は江戸への途上小田原《おだわら》の宿で宿場女郎をひとり斬った。

色白の豊満な肉置《ししおき》の女を抱いたとき、斬りたいという昂まりに抗しきれずに尻を斬り、女が悲鳴をあげたためにその場で斬殺して宿場を飛び出した。

「鬼ィ！」

そのときの恐怖にひき攣《つ》った売女の絶叫が、いつまでも吉兵衛の脳裏から消えなかった。

江戸に出た吉兵衛は、浅草元鳥越町の棟割り長屋に身を潜め、京女鬼丸を所有している旗本を尾《つ》けた。

淀藩を出奔した吉兵衛は、江戸にむかう前に播州津田に足を運んで、鬼丸とおなじ津田派の刀鍛冶から京女鬼丸を所有しているであろう江戸の旗本の名を聞き出していたのだ。

旗本の名は島津郁之助、三百石で大番頭《おおばんがしら》の役にあった。屋敷は元鳥越町にあり、吉兵衛は島津を尾けるために、同じ町内にある長屋に住むようになった。

島津が柳橋にちかい大川端の料理屋から出たところを襲って、帯刀していた京女鬼丸を奪ったのは、江戸に出てから半年ほど後のことだった。

（……なんとも、美しい！）

手にした京女鬼丸を月明かりにかざしたとき、吉兵衛はその刀身の華麗な美しさに全身に鳥肌がたった。父が所持していたころ、時折り見たことはあったが、これほどの刀とは思ってもみなかった。

そして、異様に強い光を反射《はね》る刀身に、己《おのれ》で工夫した剣技にうってつけの刀ではないかと思った。

一刀流藤原派の道場で学んだ吉兵衛は、上段から素早く踏み込んで胴を抜く、抜胴《ぬきどう》が得意で、石火《せっか》の胴打ち、といわれ、淀藩中に並ぶ者なし、と恐れられていた。

さらに、吉兵衛は真剣で立ち合う際、体中剣に構え、刀身で光を反射《はね》ることで敵の目を奪い、上段から面を打つと見せてそのまま胴へ変化させる技を工夫した。

それが、陽炎《かげろう》の剣である。

この剣技に、京女鬼丸の異様な刀身の光は、うってつけだったのである。

しかも、京女鬼丸の斬れ味はすばらしかった。

沸《に》えや匂《にお》いの部分が広いので折れる危険はあったが、斬れ味は凄まじくまるで豆腐でも切るように肉や骨をなんなく截断した。

(……京女鬼丸、まさに、高貴な女のようだ)

吉兵衛は、そのときから京女鬼丸が手放せなくなった。

その後、吉兵衛はそのまま元鳥越町の長屋に住み、金がなくなると大川端に出て辻斬りをして金品を奪った。暮らしのためということもあったが、このころになると、京女鬼丸で人を斬る、辻斬りそのものが目的となっていた。

京女鬼丸で斬殺するときの手応えや噴出する血飛沫《ちしぶき》が、陰湿な長屋に孤独な暮らしをつづけることで生ずる鬱積と飢渇《きかつ》を霧散してくれたのだ。それに、不思議と女の肌を斬りたいという歪んだ情欲も、ときたま人を斬ることで押さえることができた。

3

「旦那、その腕、あっしに貸しちゃァいただけませんかね」

吉兵衛が、大川端で斬殺した武士の懐《ふところ》をあさっているとき、ふいに、声をかけてきた町人がいた。

「町方か」

吉兵衛は刀の柄《つか》に手を伸ばした。町人の姿が江戸の町でときどき目にする岡っ引きのように見えたのだ。

「いえ、その逆で……」

「押し込みか」

「とんでもねえ。……さるお方の指示で、お武家の命を狙ってるんだが、腕のいい助っ人を探してましてね」

浅黒い顔の男は、細い顎の先を指先で撫でながら近寄ってくると、ひとり、十両でどうです、と底光りするような目で吉兵衛を見ながらいった。刺客の依頼らしいが、うさん臭い話だ。

「どうして、拙者のことを知った」

この男は、偶然この現場にあらわれたわけではなかった。多少、吉兵衛のことを知っているような口振りなのだ。

「へへへ……。ちかごろ、腕のいい辻斬りが大川端に出るってえんで、しばらく、張ってましてね」

「それで、お前の眼鏡《めがね》にかなったというわけか」

「へい、旦那の腕なら申し分ねえ」

「相手によるな」

吉兵衛は、油断のならぬ男だと思った。話によっては、この場で斬り捨てようと、斬撃の間合まで歩を寄せた。

「相手は奉行所の同心と与力……」

つ、つ、と男は後じさりながらいった。

「奉行所だと」

さすがに、吉兵衛は驚いた。

「なあに、その腕だったら、わけはねえ。段取りはあっしがつけますし、町方に捕《と》られるようなことはさせねえ。……それに、旦那、もう辻斬りは駄目ですぜ。町方も莫迦《ばか》じゃァねえ。このまま、辻斬りをつづけてみなせえ。すぐに、お縄になりますぜ」

男は、あっしも、お上の手先をしてたことがありますんでね、と口元に嗤いを浮かべながらいった。

吉兵衛も、辻斬りはそろそろ潮時だろうと感じていた。

「さるお方というのは」

吉兵衛が訊いた。

「そいつァ、勘弁してくだせえ。……なあに、さるお方の邪魔者の始末と思っていただければ、それでいいんで」

男は言葉を濁した。どうやら、依頼主は知らせずに吉兵衛に斬らせたいらしい。

「……よかろう」

刺客も辻斬りもたいして変わりはない。それに、この男に騙《だま》されたところで、吉兵衛には失うものは何もなかった。

「あっしの名は、仙造。両国界隈じゃァ、夜鼠の仙造などと呼ばれてましてね。ちったア、名の知れた岡っ引きだったんですぜ」

そういうと、仙造は細い顎を突き出すようにして歩き出した。

翌日、さっそく、仙造が元鳥越町の長屋に姿をあらわすと、

「旦那、いいねぐらが見つかりましたんで」

といって、鶴乃屋の二階に連れてきたのだ。

その夜、仙造が鶴乃屋に姿を見せたのは、四ツ（午後十時）を過ぎてからだった。三好町で岡部という同心を斬ってから七日経つ。

階下の店も、おおかたの客は帰ったらしく、飲み残しの酒でも飲んでいるらしい売女《おんな》たちの莫連《ばくれん》な会話や、下卑《げび》た嗤いなどが聞こえてきていた。さっきまで、おたまは吉兵衛の相手をして酒を飲んでいたが、いまは階下にさがり売女たちのつかの間の酒盛りのなかに加わっているようだった。

仙造は、手拭《てぬぐ》いで頬っかむりし、大工の着るような半纏《はんてん》に股引《ももひき》姿だった。その手拭いを取り、そっと後ろ手に障子を閉めると、

「旦那、どうやら、貉の弐平は逃がしちまったようで」

と吉兵衛の方に膝を寄せて小声でいった。

「そうか」

手応えは浅かったので、あるいは、逃げのびたかもしれぬと吉兵衛も予測はしてい

た。

「なあに、どこに潜りこもうと、あっしが、じきに嗅ぎ出しまさァ」

仙造がいうには、弐平は住まいの亀屋というそば屋から次の日には姿を消したという。追撃を察して姿をくらましたものだろう。

「……お陰で、あっしも、こんな装束《なり》をしねえと町を歩けなくなりやした」

仙造は顔をしかめた。

当然、身を隠した弐平という岡っ引きから、二人のことは町方に知らされているはずだった。

「それで、今夜の用件は」

吉兵衛が訊いた。仙造が町を歩く危険を冒《おか》して、その後の様子を知らせにきたとは思えなかった。

「へい、そろそろ、次の相手と思いやしてね」

仙造は底光りする目を吉兵衛にむけた。

「いいだろう」

「こんどは、ちょいと、厄介《やっかい》な相手でしてね。……北町《きたまち》奉行所の秋田兵庫《あきたひょうご》という与力なんで」

「同心でも与力でも拙者にとっては同じだ」

「それが、小手斬《こてぎ》り兵庫といわれてましてね。直心影流《じきしんかげりゅう》の遣い手なんで」

「ほう」

仙造によると、星眼からの小手斬りが得意で、切っ先を合わせた瞬間に敵の利き腕を斬り落とす、ほどの早業《はやわざ》だという。

「旦那、今回は三十両用意いたしやした。いつものように、あっしが段取りをつけやすので、声をかけるまで、ここに居てくだせえ。……それから、退屈でしょうが、しばらく、外は出歩かねえようにお願いしやすぜ」

仙造はそういうと、懐から重そうな巾着《きんちゃく》をとりだし三十両をつかみ出した。

その金を吉兵衛に手渡すと、腰をあげ、

「おたまだが、いい女でしょう」

といって振り返り、ニヤリと嗤って後ろ手に障子を閉めた。
ジ、ジジ……、と灯心の焦げる音が聞こえた。階下の売女たちの酒盛りは終わったらしく、ひっそりと静まりかえっている。
おたまは、それっきり二階へは上がってこなかった。どうやら、そのまま売女たちの寝間にもどったらしい。

吉兵衛は柱に身をもたれさせたまま、虚空に視線をとめていた。体の芯《しん》には、まだおたまとの情交《まぐわい》の後の気怠さが残っていた。

吉兵衛はそばに立て掛けてあった京女鬼丸を引きよせ、そっと抜いてみた。

恐る恐る未通娘《きむすめ》が柔肌をあらわすように、吉兵衛の眼前に蒼白い清澄な刀身が伸びてくる。心底を凍らせるような冴えた刀身が、灯明を映して炎のような光芒を放ちだす。情事に狂う女の肌のように、燃えたっているのだ。

（……京女鬼丸、これこそ人を喰う鬼女かもしれぬな）

己を斬殺に駆り立てるのは、この妖刀が血を欲しがっているからではあるまいか。

そう思ったとき、ゾクッ、と吉兵衛の全身に鳥肌がたった。

4

仲秋の名月は過ぎ、蒼《あお》い天空に弦月《げんげつ》が猫の目のように光っていた。虫の音が地表の夜陰を震わすように、賑やかに聞こえてくる。

唐十郎は縁先に出て清丸を相手に酒を飲んでいた。庭に満ちた青白い月光のなかに、無数の石仏が丸い影を曳《ひ》いて立っていた。

先生、これでは仏様が泣きますよ、といって、清丸が雑草を抜き、蔓草をとってくれたので、一尺二、三寸の石仏はその足元から姿をあらわしていた。

「こうやって、見ると、一体一体が生きているようです」

清丸は石仏の方に目をやりながらいった。

粗末な彫りのために、かえって陰影に変化が生まれるのか、月光を浴びた仏の顔は、微笑、慟哭《どうこく》、哄笑、憤怒《ふんぬ》……、さまざまな表情を刻んで佇立《ちょりつ》していた。

「この世にさまざまな念《おも》いを残して、死んでいったせいかもしれぬな」

唐十郎は貧乏徳利《びんぼうどっくり》の冷や酒を、茶碗についで勝手に飲んでいた。

「京女鬼丸のために死んでいった者にも、強い無念がありましょう」

清丸は表情をくもらせた。

「刀は武士の魂といわれる。……京女鬼丸を帯刀し後れをとった者がいたとしても、それも、その者の刀を選ぶ器量ゆえ、気にすることもあるまい」

「……………」

清丸は酒は飲まぬらしく、唐十郎のついだ酒を一口含んだだけで、あとは手をつけなかった。

唐十郎が茶碗酒を二杯ほど飲んだとき、フッ、と虫の音が細くなった。枝折り戸を開く音は聞こえなかったが、庭の出入り口ちかくの虫の音がやんだようだ。

唐十郎は耳をすませた。足音がする。……三、四人……五人。かなりの人数だ。いずれも、足音を忍ばせて近寄ってくる。

「無粋《ぶすい》な客がきたようだな」

唐十郎は祐広《すけひろ》を引き寄せた。

「夜盗でしょうか」

清丸も足音に気付いたようだ。

「ちがう、武士だ」

唐十郎がそういったとき、庭先にあらわれた複数の人影が見えた。

いずれも小袖《こそで》に袴《はかま》。股《もも》だちをとり、襷《たすき》で両袖を絞っている。侵入者は黒覆面で顔を隠し、縁先にいる二人の姿を認めると、颯《さ》ッ、と左右にひろがった。

（……多勢だ！）

侵入した一味は十人を越えていた。二人をとりかこんだ者だけで八人、その背後に槍《やり》を持った者が三人いる。槍の三人だけは覆面をしていなかった。どの顔にも見覚えはない。

唐十郎は祐広を腰に差し、そのまま庭先に降りた。

統率のとれた武士集団だった。唐十郎の頭に、大塩救民党がよぎったが、金品の強奪のために侵入したとは思えなかった。あるいは、奥で休んでいる弐平の始末にきたのか……。

「藤原清丸どの、われらとご同行願いたい」

ふいに、背後の槍を持った男のひとりがくぐもった声でいった。どうやら、この男が一味の首領らしい。

「断わる！」

清丸は即座に応じた。その声に、強い怒りの響きがあった。

どうやら侵入目的は、清丸のようだ。その反応から推測して、清丸も一味に心当たりがあるようだ。

「ならば、腕ずくでも同道願うが」

「くどい」

「やむをえん。……やれ！」

首領らしき男が命じた。

とりかこんだ武士たちが、いっせいに抜刀した。足元を定めるために、草鞋《ぞうり》の底で地面を擦る音と石仏を蹴倒《けたお》す音が響いた。

青白い月光を浴びた複数の刀身が、ちらちらと魚鱗《ぎょりん》のような輝きを放つ。男たちは無言だ。覆面の間から出た両眼が、夜走獣のように光っている。

虫の音がやんでいた……。

庭先は、息詰まるような殺気につつまれている。

「清丸！　背後につけ」

唐十郎はわずかに腰を沈めて、祐広の柄に手をかけた。居合腰である。居合は、抜きつけの一刀に勝負を賭けることが多い。敵が集団の場合でも、抜きつけの一瞬が勝負を決することに変わりはない。

唐十郎は己の全身に凄まじい殺気をこめた。

一瞬、敵の足がとまる。唐十郎の、抜くぞ！　という強い気配に、切っ先を喉元につけられたように先制の機を奪われたのだ。

「小宮山流居合、受けてみるか」

唐十郎は清丸が背後にまわったのを気配で察すると、正面の敵の呼吸を読んだ。

居合の神髄は抜きつけの迅《はや》さと、間積《まづも》りにある。そして、複数の敵を相手にした場合は、それぞれの敵との間合と太刀捌《たちさば》きに応じた一瞬の機敏な動きが勝負を決する。

(三人、斬れば、かこみが割れよう)

だが、機先を制して三人斬らねば勝機はない、と唐十郎は察知した。

唐十郎との一足一刀の間合にいるのは、正面の星眼、右手の上段、左手のやや低い下段の三人だった。あとの者は、一歩踏みこまなければ、斬撃《ざんげき》の間合にはいれない。斬りこむには、一呼吸おくれるはずだ。

(間合にいる三人を一気に倒し、かこみが割れた隙《すき》をつく……)

それが、咄嗟《とっさ》にたてた作戦だった。

つッ、と唐十郎は正面の敵との間合をつめた。

唐十郎の強い殺気に耐えかねたように、短い呼気と同時に正面の敵の切っ先がわずかに浮いた瞬間だった。

ヤッ!

裂帛《れっぱく》の気合とともに、唐十郎の体が前に躍った。

入身迅雷《いりみじんらい》。

正面の敵に、真っ直ぐ踏みこみ、抜きつけの一刀を上段から斬り落とす。迅雷の名のとおり、迅さと雷光のような鋭さが命の技である。

正面の敵は、その迅さと鋭さに応じきれなかった。唐十郎の斬撃を避けるために刀身を振りあげようとしたところへ、唐十郎の切っ先が浅く面《めん》にはいった。斜《しゃ》に、顔面を斬り裂いた。

青白い月光のなかへ黒い火花のように血飛沫が散る。正面の敵が、絶叫とともに顔面を押さえながらのけ反った。

刀身が深くはいり頭蓋《ずがい》を割れば、一瞬動きがとまる。唐十郎は浅く敵の顔面を裂くことで、切っ先を斜に流し右旋《うせん》して、右手上段の敵の胴を逆袈裟《ぎゃくげさ》に斬りあげた。入身右旋《いりみうせん》。

右手の敵にたいし、体を反転させながら敵の胴か右腕に斬りつける技である。

唐十郎の刀は、右手の敵の胴を浅く薙《な》いだ。

そのとき、左手にいた敵が下段から切っ先を振りあげ、踏みこんできた。間髪《かんはつ》をいれず、唐十郎は、大きく体を左手に反転させ、右腕を斬り落とした。

入身左旋《いりみさせん》である。

ほんらい、入身迅雷、入身右旋、入身左旋はそれぞれ独立した技だが、唐十郎はこれを一呼吸のうちに、連続して遣った。

流麗な舞いのような太刀捌きだった。

居合はいったん抜刀すると、敵との間合とその太刀捌きを読みながら、素早く体を移動させ、その目的を達するまで斬撃をとめないことが多い。

三人の敵は、顔面を裂かれ、胴を抉《えぐ》られ、利き腕を落とされて、断末魔の呻き声をあげながら地面にのたうちまわっていた。

サッと唐十郎をかこんだ敵の輪がひろがった。一瞬の凄まじい唐十郎の斬撃にたじろいだ敵が、間合から逃れて腰を引いたのだ。

フゥ、と唐十郎は短い息を吐いた。そのとき、すでに祐広は鞘に納まり、腰を沈めて抜刀の態勢をとっている。

敵を見据えた唐十郎の白皙《はくせき》にかすかに朱が差していたが、わずかな呼吸の乱れもなかった。ただ、半面に返り血を浴びた顔には、鬼面のような悽愴さがあった。その両眼は鋭い剣気を放ち、月光を浴びた総身が青白く浮きあがっている。

(かこみは、崩れぬか)

唐十郎の読みははずれた。

三人を斬れば、一呼吸おいて、左右どちらかにまわった敵が斬りこんでくると読んでいたのだが、背後に退《の》いたのだ。

だが、敵の腰は一様に引け、目には怯えの色があった。目の前で展開した唐十郎の凄絶な斬撃に驚愕し、恐れをなしたのだ。

「退けい！」

首領らしき男が、槍を立てたまま数歩前に進み出た。黒羽織に野袴《のばかま》。目鼻だちが異様に大きく眼光の鋭い魁偉《かいい》な風貌をしていた。

すかさず、槍を持った他のふたりもかこんだ武士たちを押し退けるようにして、首領らしき男の左右に並び立った。

首領らしき男は槍を立て仁王《におう》のように立っていた。肩幅の広いがっしりとした体軀《たいく》の偉丈夫《いじょうふ》で、手にした一間半ほどの長槍が短く見える。

5

「おぬしが、狩谷唐十郎か」

対峙《たいじ》した首領らしき男が嗄れ声で訊いた。

「いかにも、お手前は」

「大嶋流《おおしまりゅう》直槍《すぐやり》、蔵永民部《くらながみんぶ》」

名乗るやいなや蔵永はぐいと腰を引くと、しごくように槍の柄を前後させ、穂先《ほさき》を唐十郎にむけた。穂先を敵の胸につける中段の構えである。

「同じく、浅岡吉之丞《あさおかきちのじよう》」、「佐戸倉定介《さどくらさだすけ》」と左右の武士も名乗り、颯《さ》ッ、と穂先を唐十郎にむけた。

右手にまわった佐戸倉が、両手を高くあげ穂先を下にむける上段。浅岡が腰を落とし、唐十郎の膝先へ穂先をむけた下段である。

「三龍《さんりゆう》包囲陣、水龍《すいりゆう》でござる」

蔵永がいった。

佐戸倉が「同じく、天龍《てんりゆう》」、浅岡が「地龍《ちりゆう》」と名乗った。

唐十郎は驚愕した。

(……こ、これは!)

三槍の穂先が、正面から胸、右手から肩口、左手から膝先へ、ぴたりとつけられていた。槍の柄を手繰《たぐ》って前に踏み込むことも、跳ぶことも、屈《かが》むことも、できない。

まさに、鉄壁の包囲陣である。

唐十郎はすぐに半身となり、正面の蔵永に体をむけたが、三方からの巌《いわお》のような隙のない構えと穂先にこめられた鋭い殺気に戦慄を覚えた。

居合は槍に対して不利である。槍が剣の間合の外で闘うことのできる優れた武器であるうえに、居合は抜刀と同時に斬りつけるため、構えた剣より近間《ちかま》でなければ威力を発揮できない。

槍の穂先を抜きつけの一刀ではじき、長柄《ながえ》を手繰るように手元に踏みこんで斬りこむのが、対槍の戦法だが、同時に左右から繰り出されるであろう敵の突きを防ぐ方法がない。

しかも、三者の呼吸が合っていた。まさに、鉄壁の三本槍の包囲陣だった。

（このままでは勝負にならぬ）

そう直感した唐十郎は、居合腰のまま素早い足捌《あしさば》きで左手後方にまわりこんだ。動けるのは後方だけである。

「逃さぬわ」

蔵永は穂先をぴたりと唐十郎の胸につけたまま、摺《す》り足で迫ってきた。少しも穂先が揺れない。巨軀だが、動きは機敏である。両眼を瞠《みひら》き、黒羽織をひるがえらせて迫る姿は獰猛《どうもう》な獣のような猛々《たけだけ》しさがあった。

他の二人も、ぴたりと間合を保ち、三本槍の包囲を崩さない。すぐに、唐十郎の背が縁先につまった。

「先生！　ひとりは、わたしが」

清丸が必死の形相《ぎようそう》で、左手にいる浅岡の槍の前にたちふさがった。

だが、蔵永は清丸にはかまわず、唐十郎が縁先につまったと見るや、ヤッ！　と鋭い気合と同時に、槍を突き出した。

唐十郎は抜刀しながらその穂先を弾き、切っ先を右手の佐戸倉につけながら、間合をつめた。

トオッ！　と、佐戸倉が槍を繰り出す。その千段巻《せんだんまき》（穂先ちかくの籐《とう》を巻き付けたところ）を撥《は》ねあげ、手元に踏みこもうとした刹那《せつな》だった。左の肩口に灼《や》けるような衝撃がはしった。

蔵永の穂先が、肩をかすめたらしい。

唐十郎は、蔵永の二段突きから逃れるために大きく背後に跳んだ。

すかさず、蔵永は急迫し、追いつめた獲物にとどめを刺すように穂先をわずかに引いたとき、ふいに構えた長槍が大きく揺れた。

手裏剣！

蔵永の右上腕に刺さっている。

その手裏剣の飛来先を見定めようと、浅岡は一歩退き唐十郎から視線をはずした。

そのとき、ふいに、佐戸倉が背後に飛び退《すさ》った。

シュッ、という夜気を裂く音がし、また、別の方向から手裏剣が飛んだ。

「敵か！」

蔵永の背後にいた武士の集団に動揺がはしった。

ザワッ、と庭の隅の樫《かし》の葉叢《はむら》が揺れ、一瞬、道場の屋根を伝う黒い影がよぎる、かと思うと、まったく別な板塀の陰から手裏剣が飛来し、つづいて、庭の隅では獣が叢《くさむら》を走るような音がする。

「多勢か」

蔵永は周辺に目を配った。

どうやら、突如、蔵永たちに攻撃を仕掛けた者は、ひとりやふたりではないようだ。月光のとどかない夜陰のなかに、大勢潜んでいそうだ。

「ひ、退けい！」

蔵永が大声をあげると、黒覆面の武士たちは、いっせいに枝折り戸の方に走った。

庭先には唐十郎と清丸が残され、顔を斬られた男と腹を抉《えぐ》られた男が黒い血海のなかで横たわっていた。ふたりはかすかに呻き声をあげ、手足を動かしていたが、すでに身を起こす体力はのこっていないようだった。

樫の樹陰から姿をあらわしたのは、忍び装束に身をつつんだ相良だった。

「危ないところでしたな」

相良が歩みよって来ると、ふいに、道場の屋根に黒い人影があらわれ、トン、とちいさな音をたてて庭先に飛び下りた。

これは咲である。唐十郎に、ほっとしたような視線を投げた。忍び装束の襟元から見える首筋が、薄闇のなかに仄白《ほのじろ》く浮かんだ。

「伊賀者がかこんでいたのか」

「咲と手前だけですが」

目を細めて相良がいった。

「ふたりだけだと」

唐十郎は驚いた。すくなくとも、十人前後の忍びが庭をかこみ、手裏剣で攻撃を仕掛けてきた、と思ったのだ。おそらく、浅岡たちも同じように感じたにちがいない。だからこそ、この場から逃走したのだ。

「驚欺《きょうぎ》の術のひとつにございます。ただ、今回は、次郎も使いましたが」

そういうと、相良は指笛《ゆびぶえ》を吹いた。

すぐに、黒い影が板塀の上を飛び越え、疾風《はやて》のように庭を走りぬけたと思うと、相良の足元から肩へ跳びあがった。相良が使っている猿の次郎である。

相良によると、驚欺とは敵を驚かせ欺《あざむ》く術だという。暗闇のなかでは驚きや恐怖が増幅され、わずかな音や気配でも大勢の敵に襲われたような錯覚におちいる。とくに、闇からの飛び道具は効果的で条件さえそろえば、わずか数人の忍者で何百という軍勢を壊滅させることもできるという。

「それにしても、相良どのに助けられたわけだ」

唐十郎は相良に礼をいい、すぐに、倒れている二人の襲撃者のそばにいった。顔面を斬られた男は血海のなかに顔を伏せ、腹を抉られた男は小刀で喉を突き刺したまま絶命していた。覆面をとってみたが、ふたりとも見覚えはなかった。

唐十郎は相良に歩みより、

「清丸を見張っていたようだが、わけを聞かせてもらおうか」

とあらためて訊いた。

相良たちが、道場のまわりをそれとなく見守っていたのは、唐十郎も知っていた。今になって思えば、こうした襲撃者から清丸の身を守るためだったと推測できる。

（だが、すこし遅い）

はじめから清丸を助けるつもりなら、もう少し早く攻撃を仕掛けてもよかったはずだ。自分はともかく、蔵永たち三人がまず清丸を始末しようとして動けば、清丸の腕では一突きであったろう。

「ご老中、阿部正弘様の命にございます」

と相良はいい、清丸の方へチラッと目をやった。

「どういうことだ」

「はい、清丸どのを敵に奪われてはならぬと」

「うむ……」

どうやら、蔵永たちは清丸を斬りにきたのではないようだ。そういえば、蔵永も清丸に同行するようにいっていた。相良はそれを知っていたから、敵の攻撃の様子を見てから助けにはいったのだろう。

「ご老中は、なにゆえ、清丸を気になされる」

幕閣の中枢にいる者が、一介の刀鍛冶の身を案じるには、相応の理由があるはずだ。

「さて、拙者も子細は承知しておりませぬ。ただ、ご老中様は、清丸を拉致《らち》せんとする者から、身を守れと。……敵は大坂で乱を起こした大塩平八郎所縁《ゆかり》の者ではないかとの仰せにございますが」

「大塩平八郎……」

そういえば、いま江戸を騒がせている大塩救民党の首領が京女鬼丸を帯刀している、と相良から聞いていた。

（清丸は、一味と何かつながりがあるようだ）

そう思い、

「おぬしは、賊の蔵永たちを知っていたようだな」

と清丸に訊いた。

「はい、実は、これまでに二度、あの者たちに一味に加わるよう強要されました」

清丸の話によると、二度ともまだ京にいるときで、この世を糾《ただ》すために、おぬしの力を貸してくれ、といわれたが、断わると強引に拉致しようとしたという。

「なぜ、清丸を味方に引き入れたがるのだ」

「分かりませぬ。ただ、はじめは京女鬼丸の所在を尋ねられ、江戸にある他はすべて処分したと告げると、ならば、京女鬼丸と同じ刀を打て、と申すのです」

「うむ……」

どうやら、京女鬼丸はただの刀ではないようだ。大塩救民党だけでなく、蔵永たちにとっても何か特別な意味があるらしい。あるいは、そのことを老中、阿部正弘も知っていて、清丸の身辺を守らせているのではあるまいか。

「綾部様も、このことはご存じなのか」

唐十郎は清丸を道場に引きとった経緯を思い出した。

「むろん、ご承知でござる。綾部様が、本郷の屋敷では清丸どのを守りづらいと仰せられたのです」

と相良が応えた。

「そういうことであったか」

清丸の身を廃《すた》れた町道場に隠すことと、いざとなれば相良たちに襲撃者の手から守らせるために唐十郎に預けたようだ。

「ですが、先生、京女鬼丸を始末したいことと居合を学びたいことに、いささかも偽りはございませぬ」

清丸は顔を紅潮させ、訴えるように唐十郎を見つめた。

6

「敵に知られたうえは、住まいを変えねばなりませぬ」

相良は、清丸がこのまま道場にとどまるのは危険だといった。

「緑町の空屋敷《あき》に、しばらく身を潜めていただきましょうか」

そういって、相良は咲に案内するよう命じた。

本所、緑町の竪川縁《たてかわべり》に相良たち明屋敷番の管理する空屋敷があり、身を隠すにはもってこいの場所だった。

翌日の午後、念のため唐十郎も迎えにきた咲とともに緑町まで清丸を送り、しばらく、ひとり稽古をつづけるよう話してから屋敷を出た。すでに町並は、薄墨を掃いたような暮色に染まっている。

「唐十郎様……」

と背後で女の声がし、振り返ると、身をよじるようにして走ってくる女の姿があった。

咲である。忍び装束ではなく、滝縞《たきじま》の小袖に紅葉《もみじ》を刺繡《ししゆう》した紫地の帯、振り袖ではなかったが、武家の娘らしい華やかさがあった。

急いできたらしく、色白の顔が桜色に上気していた。紅《べに》を引いた細い唇や白いうなじに、目を奪われるような女の色香がある。

忍び装束に覆面という男装の殻《から》を脱ぎ捨て、匂いたつような女の姿が唐十郎の眼前に恥じらうように立っていた。初めて咲を抱いたときは、まだ少女らしい硬さがあったが、今の咲は爛漫《らんまん》と咲き誇る花のような成熟した女の魅力に溢れている。

竪川縁の道を大川方面にむかって歩き出しながら、

「お頭《かしら》がお送りするようにと……」

そう小声でいって、咲は唐十郎の背に隠れるようについてきた。

咲は父親の相良のことをお頭と呼ぶ。伊賀組の一員として私情を挟まないためらしい。

「何か、伝えたいことがあるようだな」

相良が送るようにいったとすれば、清丸には聞かせたくない事情があって咲の口から伝えるよう命じたのであろう。

「はい、京女鬼丸や清丸どののことをくわしく、唐十郎様のお耳においれしておくよう申されました」

「というと」

「まず、京女鬼丸ですが、ただ、名刀というだけではございませぬ」

咲は唐十郎の後ろをついていきながら、小声で話し出した。

「何か謂《いわれ》があるというのか」

「はい」

咲の話によると、天保八年、大塩平八郎が大坂で乱をおこし、潜伏先を発見されて養子の格之助とともに爆死するが、そのときの格之助の差料が京女鬼丸だったという。

「そればかりではございません。その刀の中心《なかご》に鬼丸の刀銘《かたなめい》と、裏に陽光《ようこう》の裏銘《うらめい》が切ってあったそうでございます」

ちなみに、刀剣の中心の表裏は、帯刀したときの表側を表、反対側を裏という。通常、鎌倉、南北朝時代以前の太刀は刃を下にして佩刀《はいとう》し、それ以後の打刀《うちがたな》の場合は刃を上にして差すので、中心の表裏は逆になる。太刀を太刀銘《たちめい》と呼び、刀は刀銘《かたなめい》と呼ばれる。

「陽光……」

唐十郎が訊きかえした。

「はい、大塩様が信奉されていた陽明学の祖、王陽明《おうようめい》というお方のお名前から一字いただき世を照らす光となられるよう願いをこめて、陽光の銘を切られたとか」

「守刀《まもりがたな》だな」

護身の願いをこめて、格之助に帯刀させたのであろう。

「はい、まさに、京女鬼丸は陽光の名にふさわしい刀でございます。……ただ、大塩様が打たせた京女鬼丸は、もう一振りございまして、それには明光《めいこう》の裏銘が」

「明光……。王陽明からとった明の一字か」

「はい。実は、陽光と明光は兄弟刀《きょうだいとう》なのでございます。……大塩父子はその場で爆死したため取り調べはできませんでしたが、同志である洗心洞《せんしんどう》の門弟が白状したところによりますと、平八郎様には養子の格之助様とはひとまわりも年下のお子がいたそうでございます。京の芸妓が生んだ子で、平八郎様には知らせず女手ひとつで密かに育てられたようです。……幕府の与力であった平八郎様の名をおもんぱかってのことでございましょう。ところが、蜂起する一年ほど前、このことを知った平八郎様は、当時、刀工として名高かった鬼丸どのに、二振りの兄弟刀を打つようご依頼したようなのでございます」

「京女鬼丸の兄弟刀。……それが陽光と明光か」

唐十郎は歩をとめて、咲を振り返った。

「はい」

咲も立ちどまって、ちいさくうなずいた。

同じ刀工が鍛えても、まったく同じようには作刀できない。同一人の手で同じ材料を使って鍛えられても、そのときの気候や刀鍛冶の体調にも左右される。したがって、京女鬼丸も、濤瀾《とうらん》乱れや白け映りと呼ばれる地肌などは、どの刀にも同じようにあらわれているが、並べて見れば微妙に異なっているはずである。

しかし、同時に二振り鍛えたり、長い刀身を二つに切断することなどで、より似た刀は作れる。兄弟刀とはできるだけ条件を同じにし、そっくりに作刀したものをいう。

「その明光を、芸妓の子に遺《のこ》したというわけか」

「はい」

「すると、今も大塩の忘れ形見は、明光の裏銘のある京女鬼丸を所持していることになるな」

おそらく、陽光の方は大塩父子の捕縛後に幕府の手で処分されたはずだ。残るは、明光ということになる。

「はい、このことを知った幕府は、各地の窮民や浪人たちが、生存している平八郎様のお子を首領におしたて蜂起することを防ぐために、明光の裏銘のある京女鬼丸の探索につとめました。……ですが、いまだに判明しておりませぬ」

「なるほど、それで、その大塩の忘れ形見というのは、だれなんだ」

「それも、いまだに……」

「分からぬ」

「はい、一説には、平八郎様の後を追って自害なされたとの噂もございます。ただ、蜂起を謀《はか》る者たちにとって、真にお子であるかどうかより、平八郎様の遺志を継ぎ、その忘れ形見とともに戦っているという気持ちが大事なのではないでしょうか」

咲は唐十郎と目を合わせて、断言するようにいった。

「そうか。大塩救民党の首領が京女鬼丸を帯刀しているのは、それか」

相良は頭目が、京女鬼丸を神刀のようにかざして命令をくだすといっていた。すると、その首領が大塩の遺子なのであろうか……。

「ですが、賊の頭が、はたして、平八郎様の遺子であるかどうかは分かりませぬ」

咲は唐十郎の心底におこった疑問に応えるようにそういって、ゆっくりと歩き出した。

「うむ……」

そのとおりだった。京女鬼丸を手に入れれば、勝手に明光の裏銘を切って大塩の遺子になりすますこともできる。

「そうか、それで、清丸は……」

蔵永たちの仲間に加わり、京女鬼丸を打つように依頼されたのだ。つまり、大塩の遺子になりすますためには、京女鬼丸が必要だが、それが入手できない。そこで、清丸に白羽の矢をたてたわけだ。むろん、清丸に京女鬼丸を打つことはできないが、作刀に携《たずさ》わった弟子ならより精巧な模造刀《うつし》が作れる、蔵永たちはそう読んだのだろう。

「すると、蔵永たちといま江戸を騒がせている大塩救民党とは、別の組織ということになるな」

すでに、大塩救民党の首領は京女鬼丸を持っているという。所持しているなら、清丸も京女鬼丸も不要なはずだ。

「いまのところ、蔵永と名乗る浪人たちと大塩救民党とのつながりはございません。あの者たちの出自は、京、大坂、讃岐《さぬき》などで、大坂で蜂起した平八郎様の残党ではないかとみておりますが……」

咲が視線を落としていった。

「……咲どの、それにしても、ご老中までがよくご存じだな」

京女鬼丸の裏銘のことまでつかんでいるのだ。それも、幕閣の中枢にいる老中主座の阿部正弘までが、詳細を知っているようなのだ。

「それは、先のご老中、土井利位《どいとしつら》様より当時のことが伝えられたからでございます」

「そういうことか」

唐十郎にも、幕政の裏の事情が読めた。

土井利位は、水野忠邦が天保の改革に失敗したあと老中主座についた人物だが、幕閣に迎えられる前に大坂城代をつとめ、大塩平八郎の乱を鎮圧している。その功績が認められて老中に任命されたほどの人物であるから、当然、大塩の身辺もじゅうぶん調べたはずである。

現在は土井は幕閣から退《しりぞ》き、好きだった学問の道に没頭していると聞くが、その調査内容は現在老中主座の地位にいる阿部にも伝えられたのだろう。

「……当然、綾部様もご存じなのであろうな」

唐十郎はゆっくりと歩き出した。

「はい、綾部様も、すべてご老中様の命に従ってのことでございます」

「すると、おれが御試しを依頼されたのは」

また、唐十郎の足がとまった。

「はい、お頭の口添えにございます。……蔵永たちや大塩救民党の手から清丸どのをお守りするには、唐十郎様のような方にお味方いただくのが一番だろうと」

唐十郎を見あげた咲の口元に微笑が浮いた。

「そうであったのか」

唐十郎は相良の掌の中で、踊っていた自分を感じた。

（……相良どのらしいわ）

唐十郎は悪い気はしなかった。市井《しせい》の一試刀家にすぎない自分を、買っていてくれたからこそであろう。

「もうひとつ、訊きたいことがあるが」

唐十郎はことばを改めて、

「なぜ、清丸を斬らぬ」

と訊いた。

残党や蜂起を謀る者たちに利用される恐れのある清丸を始末した方が、簡単に向後《こうご》の憂いが断てるではないか。

「いいえ、清丸どのの命を奪ったとて、京女鬼丸がこの世にあるうちは、大塩様の遺子を名乗る者があらわれましょう。明光の裏銘を切るのは、たやすいことでございます。それゆえ、阿部様は密かに京女鬼丸なる刀をすべて折って捨てよ、とお命じになられたのです」

「すると、清丸が京女鬼丸を始末したというのは、幕府の意向によるのか」

唐十郎は驚いた。まさか、清丸まで幕府の命令で動いていたとは思わなかったのだ。

「いえ、それは違います。清丸どのは嘘偽《うそいつわ》りなく、亡き師匠の遺命をうけ、京女鬼丸を折ろうとなされておるのです。……唐十郎様、幕府みずから京女鬼丸の探索に動けば、大塩様の遺子の存在を認め、その蜂起を恐れての処置だと、世間の目には映りはしないでしょうか」

咲は呟くようにいった。

「なるほど……」

幕府としては、大塩の遺子など存在しないし、京女鬼丸のことなど眼中にない、との態度を押し通したいらしい。それには、師の遺命で京女鬼丸を処分したいという清丸を利用すればいいことになる。

相良たちが密かに清丸を守り、京女鬼丸の始末に助勢するのもそのためなのだ。

「それに、清丸どののことをご存じの綾部様からご老中様に、刀鍛冶として殺すには惜しい若者、との進言があったように聞いております」

咲はそういうと、大川にかかる両国橋に目をやった。

ふだんは往来の人の絶えない賑やかな橋だが、すでに、五ツ（午後八時）を過ぎているせいか、人影はまばらだった。

「相良どのは、すべてを話すようにいったのか」

唐十郎は両国橋にむかって歩いていた。

咲は寄り添うように後ろからついてくる。

「はい、唐十郎様には、隠すことなくお伝えしておけと」

そこで、咲はことばを切り、少し声を大きくして、それから、もうひとつ、お伝えすることが、といっていたずらっぽい目をむけた。

「なんだ」

「唐十郎にお弟子ができれば、暮らしぶりも少しは変わるかもしれぬ、と」

「う……」

唐十郎が振り返ると、咲は、お頭がそう申していたのです、といって頰笑《ほほえ》んだ。

7

「休んでいかれるか」

両国《りようごく》橋の上にたちどまって、唐十郎が訊いた。

ふたりの視線の先には、両国広小路《ひろこうじ》や柳橋《やなぎばし》の華やかな灯《ひ》が見えた。川岸に建ち並ぶ料理茶屋や船宿の雪洞《ぼんぼり》や行灯《あんどん》の灯が、川面に映って揺れていた。川風といっしょに三味線の音や女たちの嬌声などが聞こえてくる。

初めて咲を抱いたのは、柳橋の出合茶屋《であいぢやや》だった。その店も、華やかな灯のなかにあるはずだった。

咲は唐十郎の問いの意味をすぐに察したらしく、顔を赤く染めたが、

「今宵は、唐十郎様とごいっしょしていることを、父上も知っております」

といって、欄干《らんかん》から川面に視線を落とした。

咲はめずらしく父上といった。娘として、父親に心配かけたくないということらしい。

「ならば、ここで別れよう」

唐十郎の住む松永町は両国橋を渡った先にある。

懐手のまま、唐十郎が踵《きびす》をかえそうとすると、

「唐十郎様」

と咲が声をかけた。

「……お許しいただければ、咲の方から忍んでまいります」

呟くようにそういって、唐十郎を見つめた。その黒瞳《こくとう》が濡れたように光っている。

唐十郎はちいさくうなずき、そのまま立ち去ろうとしたが、そのとき、橋の反対側の薬研堀《やげんぼり》のほうから呼び子の音が聞こえ、足をとめた。

「あれは、米沢《よねざわ》町のあたりでしょうか」

すぐに、咲は忍びらしい目になって橋の反対側に走りよった。

町方の呼び子の音は、呼応するようにいくつも起こり、橋を渡った両国広小路の先の米沢町に集まっていくようだった。御用提灯《ごようちょうちん》の薄赤い蛍火《ほたるび》のような灯《ひ》が、町並を縫うように動く。与力か、火盗改か、大物が捕物に加わっているらしく、馬蹄の響きも聞こえてきた。

「大塩救民党か」

喧嘩やただの盗人の捕物ではなかった。町方の集まり方がちがう。

「大塩救民党なれば、お頭たちも後を追っているはずでございます」

そういって、咲がそのまま橋を渡ろうとするのを、

「待て、その身装《みなり》では動けまい。橋の上から動きを見るのも、探索のうちかもしれぬぞ」

と唐十郎がとめた。

そうこうしているうちに、欄干に身を寄せて対岸の捕物のようすを見物しようとす

る野次馬の姿が目立つようになってきた。もっとも、見物といっても、夜闇のなかを糸を引くように集まってくる御用提灯の灯や時折り聞こえてくる呼び子の音に、捕方の動きを想像してみるだけなのだが……。

橋の上の野次馬の姿はしだいに増え、ごめんよ、そこをどいてくれ、などと人混みをかき分けるようにして、両国橋を渡る本所《ほんじょ》、深川方面に住む岡っ引きや下っ引きの姿も見うけられた。

そのとき、ふたりの背後に近寄った職人ふうの男が、

「咲どの……」

と声をかけた。

咲はちいさくうなずいたが、無言のまま欄干から対岸に視線をむけている。顔に見覚えはなかったが、鋭い目をした若者だった。どうやら、伊賀者らしい。

「何者かが、北町奉行所の秋田兵庫どのを斬って逃げました。……町方と火盗改が付近を探索しておりますが、下手人は取り逃がしたようです。相良様をはじめ、五人の仲間が大塩救民党の襲撃を予測して、近隣の大店を警戒しております」

「秋田兵庫を……。そやつ、槍ではないのか」

唐十郎が訊いた。三龍を名乗る蔵永たちが頭をよぎったのだ。

「いえ、胴を一太刀だそうでございます」

伊賀者はくぐもった声で応えた。

「ならば、恵比寿の吉兵衛と名乗る刺客《しかく》であろう」

「恵比寿……」

男が驚いたように顔をあげた。

唐十郎は簡単に、吉兵衛に同心と岡っ引きが襲われた経緯を伝えた。

そばにいた咲が、川面に視線を落としたまま、

「盛川《もりかわ》どのは、いずれに」

と小声で訊いた。

つなぎに来た伊賀者の名は盛川というらしい。

「本所へ。……咲どのは、両国広小路あたりで不審な武士の動きを探ってほしいとのことにございます」

「承知……」

咲が応えると、盛川は、吉兵衛なる者のこと、仲間にも伝えましょう、といって身を引くと、そのまま小走りに両国橋を渡り本所方面へむかい、人混みのなかに消えた。

この当時の両国広小路は江戸の交通の要衝で、小屋掛けの見せ物や各種の飲食店などが軒を連ね、たいへんな賑わいを見せていた。

すでに五ツはかなり過ぎていたが、これだけの騒ぎになればかなりの人が出ているはずである。そうした人混みに紛《まぎ》れて、移動する大塩救民党の者がいるかもしれない、それを咲に見張れ、と相良が指示したのだ。当然、咲の動きづらい着物姿と唐十郎とともに居るであろう場所を読んでのことである。

「おれは、しばらく、ここにいよう」

唐十郎が咲にいった。

ここから先は、咲も伊賀者のひとりとして動くはずである。かえって、足手まといになる、と唐十郎は察したのだ。

「では」

咲は短くそういって、唐十郎のそばを離れた。

ひとり残された唐十郎は、欄干から川面に目をやり、大塩救民党も、義賊を名乗るだけの夜盗集団ではないな、と思った。

大塩救民党を名乗り大店を襲って金品を強奪する一方で、町方の実働部隊である同心や与力をつぎつぎに手にかけているようなのだ。しかも、今度の犠牲者は北町奉行の秋田兵庫だという。秋田といえば、小手斬り兵庫と恐れられる直心影流の遣い手で同心や岡っ引きの信望も厚い名与力である。

（狙いは、町方を混乱させるためだけではない……）

唐十郎は何者かが南北奉行所の機能を麻痺させ、江戸の町全体を混乱させるために攻撃を仕掛けているような気がした。

咲の話したように、大塩平八郎の遺子を首領におしたて、世直しの義賊を装い金品を強奪することだけが目的ではない。背後には、幕府を揺るがすような大きな陰謀が動いているのではないか……。

さらに、蔵永たちを中心とする得体の知れぬ浪人たちも絡んでいる。唐十郎は、どす黒い暗雲が江戸の町を覆いはじめているような気がした。

そのとき、唐十郎は川面をのぼってくる一艘《そう》の猪牙舟《ちょきぶね》に目をとめた。

頬っかむりした船頭がひとり艫《ろ》を漕《こ》ぎ、船梁《ふなばり》に腰を落とした武士らしい人影がひとつあった。舟は本所よりの岸ちかくを滑るようにのぼってくる。

両国橋ちかくにきたとき、ふと、舟上の武士が橋上を見あげた。一瞬、白い温顔が浮きあがったように見えたが、すぐに、舳先《へさき》が橋桁《はしげた》の下に入り、その顔は深い闇に消えた。

むろん、唐十郎は舟の武士が秋田を斬殺してきた恵比寿の吉兵衛だとは思ってもみない。

第三章　大塩救民党

1

「まだ、こねえか……」

弐平《にへい》はちびちびと舐めるように酒をすすりながら、通りに視線を落としていた。

浅草田原《たわら》町に大黒横丁《だいこくよこちょう》と呼ばれる狭い路地があった。そこは、ちいさな縄暖簾《なわのれん》の飲み屋や売女《ばいた》を置いた料理屋などが軒を連ね、夜になると、酔客や女を買いにきた男たちで賑わっていた。

路地の名は、入口に大黒屋《だいこくや》という料理屋があったことから名付けられたのだが、今はその店はなく松乃屋《まつのや》というちいさなそば屋が建っている。

その松乃屋の二階に、傷の癒《い》えた貉《むじな》の弐平がいた。

隅の座敷を借り切り、障子を一寸ばかり開けて通りを見下ろしながら、かれこれ二《ふた》時《とき》（四時間）ばかりねばっていた。

「お客さん、そろそろ、おそばをお持ちしましょうか」

そば屋の女房が長《なが》っ尻《ちり》の客に不審を持ったのか、座敷の様子をうかがうような目をして注文を聞きにきた。

「そばはいい。もう一本、酒を頼む。……女将《おかみ》さん、店が混んでくれば相席《あいせき》でもかまわねえから、もう少し置いてくんな」

弐平は愛想笑いを浮かべながらいった。

十手を見せ、お上の御用をちらつかせれば、居座ることもできるが、岡っ引きが来たことを横丁の連中に知られたくなかったのだ。

（……そのうち、仙造が姿を見せる）

という確信が弐平にはあった。

松乃屋の斜《はす》むかいに山吹屋《やまぶきや》という小料理屋があり、そこのおよしという女将が、姿を消す前まで仙造の情婦《おんな》だったのだ。

弐平はなんとしても、岡部の仇《かたき》が討ちたいと思っていた。岡部には、配下の岡っ引きとして長年面倒をみてもらった恩義があった。それなのに、岡部が斬殺されるのを目の前で見ながら、どうすることもできなかった。しかも、自分だけ、川に逃れて助かったのだ。

（このままじゃァ、岡部の旦那に顔向けできねえ……）

そうした思いが、弐平の腹の底から突きあげてくるのだ。

すでに、弐平が大黒横丁に足をむけて、五日ほど経つ。怪しまれないよう店を替えては、見張っていたのだが、まだ、仙造は姿をあらわさなかった。

その夜、五ツ半（午後九時）ほどまでねばったが仙造の姿は見えず、女将の手に小粒銀《こつぶぎん》を握らせて店を出た。

翌日は、下っ引きの庄吉《しょうきち》を連れて松乃屋にきた。庄吉はまだ若いが、いい十手持ちになる、と見込んで連れ歩くことが多かった。

「今夜は若い者に、うまいそばを食わせようと思ってな」

弐平が笑いながらいった。

女将には、大工の棟梁《とうりょう》と出入りの若い衆《わかいし》と話した。

ふたりで二階に張り込んで、一時《いっとき》（二時間）ほどしたときだった。

「やつだ……！」

弐平の目が光った。

濃紺の法被《はっぴ》に股引《ももひき》、大工らしい身形《なり》をした男が、スッと山吹屋の暖簾をくぐって店の中に消えた。

手拭いで頰っかむりしていたため、顔は見えなかったが、痩身ですこし前屈みに歩く姿に見覚えがあった。

「親分、どうしやす」

庄吉が昂《たか》ぶった声を出した。

「慌てるねえ。すぐに出てきやァしねえよ。たっぷり、およしと楽しんでからだ」

人目を忍んで、久しぶりに情婦《いろ》のところへ来たのである。少なくとも、一時は姿を見せないだろうと、弐平は踏んだ。

「まず、腹に何かつめておこうじゃァねえか。庄吉、そばを頼んでこい」

「へい」

庄吉が階下へ降りていき、そばを頼んで戻ると、

「ここで、仙造を捕《と》っても、野郎が自白《はく》前《めえ》に恵比寿は逃げちまう。ここは、仙造の後を尾《つ》けて、恵比寿の居所をつかむのが先だ。……おれが、仙造を尾ける。お前は、おれの後を尾けるんだ」

弐平は、おれにもしものことがあったら、突っ走って奉行所へ駆け込め、といった。

頼んだそばを平らげ、半時《はんとき》（一時間）ほどしたとき、様子をうかがっていた庄吉が、

「親分、やつだ！」

と声をあげた。

すぐに、ふたりは階段を駆け降り、店の外に飛び出した。

岡場所へくり出すことになってるんで、頃合をみて勝手に店を出る、と女将に金を渡してあったので、飛び出していったふたりに店の者も不審は抱かなかったようだ。

山吹屋を出た仙造は、浅草寺門前の賑やかな広小路をぬけて、花川戸町を急ぎ足で千住《せんじゅ》方面へむかっていた。

長年岡っ引きとして生きてきた弐平の尾行は、自己流だが巧みだった。繁華街を歩くときは酔客のような歩き方をして人波に紛れ、人通りのない路地では天水桶《てんすいおけ》や植え込みなどの陰に身を隠して尾けた。

庄吉も弐平の後方を、うまく間隔を保って尾けてくる。

仙造は浅草聖天《しょうてん》町から山谷堀《さんやぼり》を渡って新鳥越《しんとりごえ》町へはいった。この辺りまでくると、町並もまばらになり田畑が急に多くなる。さらに行けば、刑場のある小塚原《こつかっぱら》である。

人通りがとだえ、通りに面した商家の背後には、寺院の堂塔《どうとう》や鬱蒼《うっそう》とした杜《もり》がめだつようになってきた。新鳥越町から浅草山谷町までの大川寄りの地域はとくに寺社の多いところだ。

弐平は仙造との距離をおいた。月明かりに浮かびあがった自分の姿が、仙造の目にとまるのを避けようとしたのだ。

ふいに、仙造が右手に折れ、板戸を閉めた商家の間の露地に入っていった。

慌てて、弐平が走り寄ると、露地の先に寺の山門があり、ちょうど仙造がそこをくぐるところだった。仙造のちいさな後ろ姿をつつむように、杉や樫《かし》の常緑樹で覆われた杜が前方に黒々とひろがっている。

（……源光寺《げんこうじ》）

山門の朽《く》ちかけた額が、月明かりで読みとれた。

古いが思ったより大きな寺で、正面の本堂と右手にある庫裏《くり》から灯明《あかり》が洩れていた。

仙造は短い階段をのぼり、雨戸をこじ開けるようにして本堂の中へ消えた。

弐平は、庄吉に山門の陰から様子を見ているようにいいつけて、自分は足音を忍ばせて本堂へ近付いた。

（大勢いやがる……！）

本堂の床下にもぐりこんだ弐平は、床板を通して聞こえてくる人声に驚いた。ひとりやふたりの気配ではなかった。

話の内容は聞きとれなかったが、ざわめきのように聞こえてくる人声や床に響く物音などから大勢集まっていることはまちがいなかった。

弐平は必死だった。ここで、堂中に集まっている一味に発見されれば命はない。だが、このまま戻ることはできなかった。同心の岡部を眼前で殺された屈辱感と岡っ引きとしての意地が、弐平の背中を前に押し出した。

そろり、と床下から抜け出すと、弐平は猫のように床板に這《は》いつくばり、雨戸の節穴から中を覗いた。

2

（大塩救民党の巣か！）

弐平は驚いた。

本堂の中には、何本もの百目《ひやくめ》蠟燭《ろうそく》の火影《ほかげ》が揺れていた。その炎に照らし出された人影は、ざっと見て三十前後である。いずれも、浪人か藩士のようだ。今、何かが始まったらしく、一同は本堂の正面をむいて無言で端座していた。

正面には、釈迦如来《しやかにようい》の座像が蠟燭の炎に浮かびあがっていた。座像の黒光りする肌が闇のなかに怪しく光り、数尊《すうそん》の化仏《けぶつ》を描いた光背《こうはい》が、蠟燭の炎を反射し八方に仄暗《ほのぐら》い黄金の光を放射している。

その釈迦如来の前に、ふたりの武士が立っていた。正面のひとりは、痩身で目鼻立ちのととのった秀麗な顔だちの役者のような若侍だった。

その痩身にまとっている緋羅紗《ひらしゃ》の陣羽織《じんばおり》が、闇のなかに隆起したように鎮座している釈迦如来の前で燃えあがったように鮮やかだった。

若侍は右手に刀を持ち、不動明王《ふどうみょうおう》の宝剣のように胸の前に真っ直ぐ立てている。その刀身が蠟燭の炎を受けて、赤い陽炎《かげろう》のように怪しく揺れていた。

もうひとりは、若侍の脇の薄闇のなかにいた。火事場装束のような長羽織に、頰隠し頭巾《ずきん》をかぶっている。顔を隠しているので人相は分からないが、猛禽《もうきん》のように鋭い目が前に居並ぶ武士たちを見まわしていた。

「われらは、夜盗にあらず」

若侍が声高にいい放った。

武士たちの目は食い入るように、若侍にそそがれている。

「──汝ら、わが父、平八郎の遺志を継ぎ、窮民たちを救い、御政道を糾《ただ》さんとするためのやむなき蜂起と心得られよ。われらは夜盗にあらず、世直しのための先導者なり。……見られるがよい。飢饉《ききん》は国中にひろがり、多くの民は飢渇《きかつ》に苦しみ、流行《はやり》病《やまい》は蔓延《まんえん》し、死者は路傍に溢れている。……人心は荒廃し、生ある者も欠落《かけお》ち、逃散《ちょうさん》し、廃墟となりし村々も多く、一揆《いっき》の火種はいたるところで燻《くすぶ》っている。ひとたび火が点けば、燎原《りょうげん》の火のごとく燃えひろがり国々を焼きつくすであろう。……さらに、江戸、大坂においてさえ、廻米《かいまい》とどこおり諸色《しょしき》は高騰し、武家でさえ、物乞《ものご》い、出奔《しゅっぽん》の有様なれば、不穏の気は町々に満ちている。……われらは、こうした窮民を救い、世を糾すために起《た》つ者なり……」

朗々と若い武士の声が、本堂に響きわたった。

ふと、その声がとぎれたとき、

「……な、なれど」

若い御家人ふうの武士が、切羽《せっぱ》詰まった声をあげた。

「なにか、ご不審がござるか」

「は、はい。……邦之介《くにのすけ》様、いかに、欲得に目のくらんだ商人とはいえ、士道にもとる非道な行ないではございませぬか」

若い武士は必死の形相《ぎょうそう》で訴えた。

どうやら、前に立った若い武士は邦之介という名らしい。

「さにあらず、われらが誅《ちゅう》せしは、窮民の難渋を顧《かえり》みず、買いしめ、高値を待ち、暴利を貪《むさぼ》る極悪非道な者ども。……われらの成敗は天誅《てんちゅう》でござるぞ」

邦之介は激しく叱咤《しった》するような口調でいった。

「……ただ、懸念《けねん》もございます」

別のすこし年配の武士が言葉を挟んだ。

「南北の奉行所のみならず、近ごろは、火盗改も乗り出したようでございます。よほど、慎重にことを運びませんと、夜盗のまま一網打尽ということになりかねませぬ」

「火盗改のことは承知しておる。だが、笠松《かさまつ》どの、捕吏《ほり》の手を恐れていたのでは、世直しなど到底かないませぬぞ」

邦之介は揶揄《やゆ》するような声でいった。

「い、いや、拙者、けっして恐れているわけではござらぬ」

笠松と呼ばれた武士は、言葉をつまらせた。

「ま、待て」

そのとき、邦之介の脇にいた頭巾で顔を隠した武士が、やりとりに割ってはいった。かなりの年配らしく、老齢を感じさせる低い嗄《しわが》れ声だった。

「笠松のいいぶんはもっともじゃ。なれど、われらの大願成就のために、多少の犠牲はやむをえぬ。よいか、われらが江戸の大店《おおだな》を襲い、御救金を与えるのは、奉行所の威信を落とし、治安を乱し、不穏の気を煽《あお》るためじゃ。……やがては、幕府のお膝元で起こる騒擾《そうじょう》で幕政は揺らぐ。そのときこそ、老中阿部正弘をはじめとする奸臣《かんしん》どもを誅殺し、一気に幕政の転換をはかる所存じゃ。……それが、われらの大計じゃよ」

「御前《ごぜん》様、そのとき、大塩救民党はどうなりましょうや」

笠松が訊いた。

「じゅうぶんに軍資金を得、幕閣たちを直接、誅殺する時期となれば、救民党は役割を終え消滅する。夜盗は、それまでのやむをえぬ仮の姿じゃ。われらは、幕政を改革する志士として、阿部に代わって徳川幕府の舵を取るお方に与《くみ》し、ある者は南北奉行所の与力、同心として、また、ある者は、徒目付《かちめつけ》、小人目付《こびとめつけ》として改革を推進させるのじゃ。……また、邦之介どのには、父、平八郎どのと同様、大坂町奉行所の与力を継いでもらう。世直しは、われらのこの手で行なうのじゃ」

「す、すると、われらが、幕臣にとりたてられるということでございますか」

先ほどの若い武士が声をうわずらせ、身を乗り出した。

「当然じゃ。……このところの江戸市中の出来事を、振り返ってみるがよい。奉行所の与力、同心が次々に斬殺されているのは、何も、町方の追及を混乱させるためだけではないぞ。やがては、そちたちを任ずる役職をとの配慮があってのことじゃ」

「オオッ！」

思わず、若い武士が感嘆の声をあげた。

座した武士のなかからも、いっせいに歓喜の声があがる。

「われらは、徳川幕府の先行きを憂《うれ》えて世直しをはかるのじゃ。その功績をもって、わしが推挙する。……ただし」

そこで、頭巾の武士は言葉をきり、居並ぶ武士たちを睨《ね》めるように見まわし、

「当然のことじゃが、だれもが、目付、与力というわけにはいかぬぞ。すべては今後の働き次第じゃ。……仕官を望むならば、相応の働きをするがよい」

「はッ……」

笠松が平伏した。

「それにな、警戒せねばならぬのは奉行所や火盗改より、老中、阿部の手足となって動く伊賀者じゃ。聞くところによると、腕のいい剣客もおるというぞ。用心せねば、町方の縄を受けるより先に、そやつらに首を刎《は》ねられよう」

癇癖《かんぺき》なのか、ひき攣《つ》ったような高い声でそういうと、頭巾の武士は最前列に座している武士に顔をむけ、分けてやれ、と声をかけて座した。

代わって、声をかけられた武士が立ちあがり、当座の金じゃ、といって、座した武士たちに小判を配りはじめた。

武士たちの間からいっせいに私語がおこり、人影が揺れた。

（こいつら、盗人なんかじゃァねえ）

弐平は背筋が粟《あわ》だつのを感じた。

どうやら、邦之介と呼ばれた若い武士は大塩平八郎の忘れ形見らしい。もうひとりも、話のやりとりから幕政を陰であやつるほどの大物であることが察せられた。まさに、幕政を握ろうと謀《はか》る反逆の徒だった。

（あの嗄れ声、どっかで聞いたような気がする……）

弐平は記憶をたどったが、思い出せなかった。

とにかく、早くやつらをひっ括《くく》ることだ、と思い、弐平は床板を後じさり、その場を離れると足音を忍ばせて山門へむかった。

待っていた庄吉に簡単に中の様子を伝え、

「お前《めえ》はすぐに、村瀬《むらせ》の旦那のとこへ、突っ走れ」

と指示した。

村瀬というのは、岡部と同じ定町廻りの同心で、何かつかんだら、おれに知らせろ、と弐平はいわれていたのだ。

「お、親分は、どうするんで……」

　庄吉は顔をこわばらせて訊いた。

「ここで、張ってる」

　弐平は庄吉が、奉行所まで走って伝えたとしても、町方を集め、ここを襲うには未明ちかくなるだろう。一味がこのまま荒れ寺で夜を明かすとは思えなかった。

「き、気をつけてくだせえ」

「分かってらァ、いい岡っ引きほど無理はしねえのよ。やつらに気付かれるようなへまはしねえよ」

　親分、すぐ、もどりやす、といって庄吉がすっ飛んでいくのを見送ると、弐平は山門ちかくの樹陰の濃い闇のなかに身を潜めた。

　ところが、東の空が白みはじめる頃になっても、捕り方は姿を見せなかった。

（……何をしてやがるんでぇ。ひとりもいなくなっちまうぜ）

　弐平は焦っていた。

　すでに、山門を辻駕籠《つじかご》が何度か出入りしていたし、人目を忍んで徒歩で表通りに出た武士もいた。

　やっとのことで、庄吉が大勢の捕り方を先導して姿を見せたのは、朝靄《もや》がたち野鳥の囀《さえず》りが杜《もり》のなかから聞こえてくるころだった。

「弐平、捕り方を集めるのに手間どってな」

村瀬がいった。

ものものしい装束の捕り方たちが、山門の前に足音を忍ばせて集結した。相手が大塩救民党ということで、大勢かき集めたらしい。

襷《たすき》に向こう鉢巻《はちまき》、黒の胴着の下に鎖帷子《くさりかたびら》を着込んだ同心が三人。その背後に槍持ちを従えた南町《みなみまち》奉行所の与力がひとりいた。名は松井甚太夫《まついじんだゆう》。金紋《きんもん》付きの陣笠《じんがさ》をかぶり、打裂羽織《ぶっさきばおり》に襠高《まちだか》の野袴《のばかま》という捕物出役装束《とりものでやくしょうぞく》である。

岡っ引きや下っ引き、それに、十手や番所の三道具といわれる袖搦《そでがらみ》、突棒《つくぼう》、刺又《さすまた》などを手にした捕り方が、五、六十人もいた。

「弐平とやら、どうじゃ、賊の様子は」

松井が直接訊いた。

「へい、十人ほどは出やしたが、あらかたは、寺の方に」

徒歩で山門を通ったのは五人、辻駕籠で出た者を加えても、十人前後のはずである。首謀者らしきふたりの武士が、駕籠で出てしまったことも考えられたが、まだ、大半は本堂にとどまっているはずだった。

「よし、ひとりも逃すな」

松井が、朱房の十手を颯《さ》ッと振った。

三人の同心の指示で捕り手たちが、境内《けいだい》を走り素早く本堂のまわりを取りかこむ。

だが、本堂は森閑として物音ひとつしない。

（妙だな）

と弐平は思った。すでに、町方に取りかこまれていることは気付いているはずだった。

不安になった弐平は、本堂につづく階段を駆けあがると、雨戸を十手の先でこじ開けた。

「御用だ！」

弐平は本堂のなかの薄闇へ十手を突き出して怒鳴ったが、その声は空しくはね返ってきた。そこに、人の姿はなかった。

つづいて、駆け寄ってきた同心が雨戸を蹴破り、なかに躍りこんだが、黒光りする床ががらんと広がっているばかりであった。

「逃げたか……」

雨戸を開け放って見ると、そこに一団が集まっていた痕跡はあった。四隅に百目蠟燭の立った燭台があったし、酒でも飲んだらしい茶碗がいくつも転がっていた。

「まだ、ちかくに潜《ひそ》んでいるかもしれぬ、探せ」

松井の命令で、同心や岡っ引きたちが捕り方をひきつれて境内に散った。

「住職と寺男の死体が……」

小半時《こはんとき》（三十分）もしたとき、同心のひとりが松井のところに報告にきた。

本堂の裏の杜で斬殺されているというのだ。さらに、庫裏には酒屋や一膳飯屋などで調達してきたらしい酒や握り飯の残りなどがあった。

どうやら、寺の住人を殺して、大塩救民党が隠れ家にしていたらしいことが分かった。

やがて、残りの賊がどこから寺を出たのかも知れた。本堂の裏の杜から裏門に出ることができ、露地が表通りにつながっていたのだ。

（それにしても、妙じゃァねえか）

弐平は腑に落ちなかった。

何も、遠まわりし藪道《やぶみち》を抜けて表通りに出ることはないのである。

（感づきゃァがったのか……）

弐平はそうとしか思えなかった。

3

すでに、弐平の傷は快癒していたが、松永町の唐十郎の家に寝起きし、女房のいる亀屋にはもどらなかった。仙造の手引きする恵比寿の吉兵衛に襲われるのを恐れたからである。

「弐平、大塩救民党をとり逃がしたそうだな」

唐十郎は、道場を出ようとする弐平に声をかけた。

「面目ねえ。貉《むじな》が、鼠《ねずみ》に化かされてりゃァせわはねえや」

弐平は猪首《いくび》をひっこめて照れたように笑った。

「大物だったようだな」

弐平から直接聞いていなかったが、道場に顔を見せた庄吉から新鳥越町での捕物のあらましを聞いていた。

「賊は三十人ほどもいやしたぜ。頭目《かしら》を、御前様と呼んでやした。あっしのような岡っ引きにゃァ、荷が重すぎまさァ」

「そうかな」

それにしても、すこし大袈裟すぎる、と唐十郎は思った。首謀者は、幕政にも関与するような大物らしいが、たかが三十人ほどの夜盗の力で、幕府の実権を握るようなことができようか。

事実、大坂で挙兵した大塩平八郎でさえ、幕府に衝撃を与えはしたが、わずか半日で鎮圧されている。それに、いかに「世直し、窮民救済」を叫ぼうと、一味は盗賊である。そのような輩《やから》が、幕政の要職に就《つ》けようはずがない。

「旦那も気をつけた方がいいですぜ」

弐平も唐十郎や清丸が、大塩救民党の首領を追っていることを知っていた。

「おれには、御政道のことなど、どうでもいい。……ただ、京女鬼丸を所持している者を斬るだけだ」

それが、唐十郎の本心だった。大塩救民党が何を企《たくら》んでいようと、一味とやりあうつもりなどなかった。首領が京女鬼丸を所持しているなら斬るが、それも、相良たちが一味の所在をつかんでからの話である。

「そう、簡単にはいかねえでしょう」

弐平は相良たち伊賀者が動いていることは、まだ知らない。

「ところで、まだ、仙造を追っているのか」

唐十郎が訊いた。

「へい、野郎と恵比寿を始末しねえことには、あっしの胸のつかえがとれねえんで……」

弐平は、執念深く山吹屋のおよしの身辺を張っているようだった。

今日もこれから、日が暮れたら田原《たわら》町の大黒横丁にいく、と弐平はいった。

「その吉兵衛という刺客《しかく》、やはり、大塩救民党とかかわりがあるようだな」

吉兵衛を手引きしている仙造が、大塩救民党の一味だとすれば、刺客の仕事もかれらの指示で行なっていると考えられるのだ。

「間違いなく仙造は一味とつながってますぜ。そうなれば、恵比寿の吉兵衛も一味ってことになりまさァ」

「…………」

唐十郎は、吉兵衛という刺客に大塩救民党とは何か異質なものを感じたが黙っていた。

「あっしは、これで……」

そういって、弐平はひょいひょいと跳ねるような足取りで庭先から姿を消した。

それから小半時ほどして、弥次郎が顔を見せた。

「若先生、どうです、緑町へいってみますか」

弥次郎は木刀の入った剣袋を手にしている。

ときどき、弥次郎は緑町の空屋敷に出かけて、清丸に手解《てほど》きをしているようだった。

唐十郎は、できるだけ清丸との接触は避けていた。清丸の潜伏先をつきとめようと、蔵永たちの目が唐十郎の身辺に光っているのを感じていたからである。

「佐久間《さくま》町まで、つきあおうか」

唐十郎は、愛刀の祐広《すけひろ》をつかんで立ちあがった。

「つる源《げん》ですか」

「吉乃《よしの》の顔でも、拝んでこようかと思ってな」

つる源というのは、神田佐久間町にある料理屋である。吉乃はつる源のかかえの芸者で、唐十郎の馴染《なじ》みだったが、このところしばらく顔を見ていなかった。

ふたりが、表通りに出ると、町並は薄墨を掃いたような闇に沈んでいた。すでに、暮れ六ツ（午後六時）ちかかった。まだ、往来には人通りがあったが、道行く人は肌寒い晩秋の風にせかされるように急ぎ足で通りすぎる。

御徒《おかち》町通りから神田川縁《べり》に出ると、川風が強くなり、急に人影がまばらになった。

川縁にぽつぽつと建つ民家も早々と雨戸を閉めてしまい、薄目をあけたような三日月が上空に細く光っている。

唐十郎は着流しに雪駄履《せったば》き、祐広を落とし差しにして弥次郎の背後を歩いていた。

フッ、と弥次郎が唐十郎の方に首をまわし、

「若先生、緑町まで簡単に行けそうもありませんね」

と低い声でいった。

「うむ……」

唐十郎も神田川縁に出たときから、背後を尾けている男たちに気付いていた。ちらりと振り返ったとき、夕闇のなかにたずさえている槍を目にし、追尾者が蔵永たち大嶋流の三人であることを察知した。

「大嶋流、三龍包囲陣、手強《てごわ》いぞ」

「どうやら、挟み撃ちのようです」

弥次郎がいった。

前方を見れば、一町ほど先の和泉橋《いずみばし》のたもとにも、三、四人の武士集団が待ち伏せているのである。

「どうする」

唐十郎が歩きながら訊いた。

「逃げようがありませんね」

弥次郎のいうように、神田川に飛び込むか、かれらの包囲を斬り破って逃げるかである。

「ならば、ここらがいいだろう」

ふいに、唐十郎が足をとめた。

そこは背後が神田川の切りたった土手になっているし、道幅も狭い。背後からの攻撃が避けられるし、三人が槍を構えれば、あとの者はその後ろで見守るしかない場所なのだ。

すぐに、道の前後から武士たちが走り寄ってきた。

「清丸どのは、どこにおる」

蔵永が、唐十郎の前に立ちはだかった。すでに、凄まじい殺気を全身に漲《みなぎ》らせている。どうやら、唐十郎たちを斬る気で待ち伏せていたようだ。

「知らぬな」

唐十郎は祐広の柄に手を伸ばし、三龍との間合を測りながら居合腰に沈めた。

「ならば、容赦《ようしゃ》はせぬぞ」

槍の穂先を、ひたと唐十郎の胸につけた。

中段、大嶋流でいう水龍の構えである。すかさず、右手にまわりこんだ浅岡が上段、天龍に、左手の佐戸倉が、下段、地龍に構えた。

だが、道場の庭で対戦したときと、『三龍包囲陣』の位置がすこしちがっていた。唐十郎の胸先につけた蔵永は、一足で突ける間合で対峙していたが、浅岡と佐戸倉は一歩後ろで構え、星眼に構えた武士が、三人の槍の間にひとりずつ立ったのである。

（これも、三龍包囲陣か！）

ふたりの敵に対して、刀も加えてあくまで三方から包囲して攻撃を仕掛けるつもりのようだ。敵が何人であろうと、常に三方から仕掛けるのが、大嶋流包囲陣の極意なのであろう。

「若先生、これが、三龍包囲陣……」

弥次郎も居合腰に構え、油断なく星眼に構えた切っ先とその脇の二槍《そう》の穂先に目をくばっていた。

以前、道場の庭で襲われたときの様子を、弥次郎には話してあった。容易ならぬ敵であることは、三人の槍の隙のない構えから読みとったはずだ。

「弥次郎、下段の槍をたのむぞ」

中段の蔵永と上段の浅岡の槍先は、唐十郎にむけられていた。

弥次郎の腕なら、槍一本に後れをとることはないが、他のふたりが刀とはいえ三方から攻撃してくると苦しいかもしれない。

「承知……」

弥次郎の双眸《そうぼう》が光り、全身に、抜刀の気勢が漲ってきていた。

唐十郎も全身に気をこめた。

（一瞬で勝負はつく……）

ふいに、唐十郎の全身に慄《ふる》えがはしった。怯《おび》えではなかった。腹の底から突きあげてきた激しい闘争心だった。

（浪返《なみがえし》と虎走《こそう》を遣う）

小宮山流居合には、複数の敵に対峙したときの技のひとつに浪返が、さらに、鋭い寄り身を極意とする虎走があった。

唐十郎はふたつの技を連続して遣い、一気に勝負を決するつもりだった。

観《かん》の目《め》（遠山を眺めるように見る）で対峙した三者の切っ先と穂先をとらえ、動きと、抜刀の機をさぐった。

4

……が、先に動いたのは弥次郎だった。

突如、水平に半円を描くように、弥次郎の刀身がきらめいた。

小宮山流居合、稲妻《いなずま》——。

上段や切っ先のあがった敵の胴に、抜きつけの一刀を横一文字に払う。片手斬りで、一歩踏みこみながらの斬撃のため、切っ先が一尺は伸びる。しかも、浅斬りのため、攻撃がとまることがない。

一瞬の遅れと間積《まづも》りをあやまると敵の攻撃を正面からうけることになるが、複数の敵の動きに機敏に対応できる技のひとつである。

弥次郎の仕掛けた稲妻がみごとに決まった。

グッ、という呻き声をあげ、前方の武士が屈みこむように上体を折った。

間髪をいれず、ヤッ！　と鋭い気合とともに、佐戸倉の下段の槍が突き出された。

まさに、地を駆ける龍のごとく鋭い突きが弥次郎の膝先へ。

が、弥次郎は横一文字に薙いだ刀身を返しながら、その穂先を弾《はじ》き、背後に跳ぶ。

カッ、という音がし、闇に金気《かなけ》が流れた。

「逃がさぬ」

佐戸倉はぐいと槍を引き、摺《す》り足で間合をつめながら、ヤッ、ヤッ、と気合を発し連続して穂先をくり出した。

もうひとりの武士も、すかさず弥次郎の左手にまわりこむ。

弥次郎が稲妻を遣った瞬間――。

唐十郎の前方にいた武士の切っ先が揺れた。その一瞬を見逃さず、唐十郎の祐広が鞘ばしった。

浪返――。

前後ふたりの敵に対したときの技である。正面の敵に対し、その膝先へ抜きつけの一刀を浴びせ、敵の出足をとめるとともに、上段に振りかぶりながら身をひるがえし、背後の敵の頭上から斬り落とす。その刀身の流れが引いては返す浪に似ていることから、浪返の名がある。

唐十郎は抜きつけの一刀で正面の敵の出足をとめ、右手に反転しながら、上段からの太刀で浅岡の槍先を弾き、その長柄の手元に、ダッ、と身を寄せた。

虎走である。

遠間《とおま》の敵に対し、上段からの太刀で威圧し敵の懐に一気に踏みこみ、腕を斬る。

その猛虎のような鋭い寄り身と、鋭牙《えいが》のごとき小手斬りから虎走の名がついた。

右手に踏みこむ唐十郎。——中段に構える蔵永。

その両者の間に、唐十郎の浪返で出足をとめられた武士がいた。一瞬、その武士を盾《たて》にして、蔵永の突きを防いだのである。

次の瞬間、浅岡の右腕が丸太のように斬り落とされ、血が噴いた。

浅岡は、槍を下ろしてよろよろと後じさる。

だが、蔵永は、わずかな間隙をついて、槍を突き通した。

トオッ！　という裂帛《れっぱく》の気合と同時に、立ちふさがった武士の腋《わき》から鋭い槍先がくり出され、唐十郎の左足の股をとらえた。

咄嗟《とっさ》に、唐十郎は次の攻撃を避けるため、大きく背後に跳んだが、灼《や》けるような衝撃が、左足にはしった。

若ァ！

そのとき、絶叫のような弥次郎の声が夜闇にひびいた。

振り返って見ると、弥次郎が佐戸倉に追いつめられていた。左肩口に槍を受けたらしく、左腕をだらりと下げ、右手だけで構えている。

上段に構えた武士が左手にまわりこみ、佐戸倉は弥次郎の胸先にぴたりと穂先をつけていた。

(手負いでは、佐戸倉の槍はふせげぬ)

危機を察知した唐十郎は、弥次郎の方に歩みかけた。幸い、蔵永の穂先が左股をわずかに抉《えぐ》っただけで傷は浅かった。動きにはまったく支障はない。

だが、唐十郎の前に蔵永がたちふさがった。

「ふたりとも、冥途におくってやるわ」

蔵永は、中段の構えから前後に巨軀を振り、激しい二段突き、三段突きを連続してくり出してきた。

凄まじい攻撃だった。突いた後の引きが迅《はや》く、穂先を弾いても手元につけいる一瞬の隙《すき》もみせない。蔵永の燃えるような双眸《そうぼう》と、猛獣のような巨体に漲った激しい気魄《きはく》が、ぐいぐいと眼前に迫ってくる。

唐十郎が土手の端に追いつめられたときだった。

ワァァッ、という弥次郎の長い叫び声が聞こえた。

佐戸倉の突きを避けようとした弥次郎が、体勢を崩し神田川に落ちたのだ。

「弥次郎！」

唐十郎が叫んだ。

反転し、川面に弥次郎の姿を追おうとする唐十郎の前に、佐戸倉と武士が駆け寄る。

「逃がさぬ」

蔵永が、ぴたりと唐十郎の胸に穂先をつけた。

二本の槍に追いつめられた、そのときだった。突如、蔵永の背後から黒い獣が猛然と突進し、肩口まで駆けあがった。

キキィ！

と甲高い猿声がひびき、蔵永の肩口から大きく背後に撥《は》ね跳んだ。

次郎だ！

その虚空へ跳ねあがった猿の跳躍に合わせるように、黒い人影が、スッと走り寄り蔵永の長柄を弾いた。

咲である。走り寄りながら、猿の動きに一瞬気を奪われた蔵永の槍を脇差で弾いたのだ。女とはいえ、石雲流小太刀を遣う咲の攻撃には鋭いものがある。

「唐十郎様、ここはわれらに」

そういうと、咲は脇差を構え、唐十郎の前に立ちふさがった。キキィッ、キキィッ、と次郎が激しく鳴きながら、蔵永の背後の闇のなかを駆けずりまわった。

「伊賀者め！」

蔵永の顔が憤怒《ふんぬ》で仁王のように赤黒く染まった。

ぐい、と腰を落とし、蔵永が槍を中段に構えたとき、ヒュッ、と大気を裂く音がし、手裏剣が飛来した。

どうやら、咲以外に何人かの伊賀者が潜んでいるらしい。

蔵永が手裏剣をよけ、背後の闇に目をやった隙をついて、唐十郎と咲はその場から逃れた。

さらに追おうとする蔵永の膝先を手裏剣が襲い、追う足をとめる。

唐十郎たちが、五、六間離れ、川の土手に植えられた柳の陰にまわったとき、

「身を伏せて」

咲が小声でいい、丈《たけ》の高い雑草のなかに唐十郎を屈みこませると、ひとりだけでザワザワと雑草を分ける音をさせて川岸へ近付いた。

すぐに、ドボン、ドボン、と川に飛び込む水音が、ふたつした。

「川だ！　逃がすな」

蔵永が怒鳴った。長柄を小脇に挟み、唐十郎の潜んでいる叢《くさむら》のすぐそばを重い足音をさせて走っていった。巨軀のわりには敏捷で足も速い。つづいて、佐戸倉と武士たちが後を追う。

「見ろ、あそこだ。橋の上へまわれ」

蔵永たちは、和泉橋の上から川に飛び込んだ咲を追っているようだ。

ところが、川に身を投じたはずの咲が、ひょっこり、唐十郎のそばにあらわれ、

「唐十郎様、今でございます」

と口元に微笑を浮かべていった。

「川に飛び込んだのは誰だ」

咲の後をついて、和泉橋とは反対の方向に走りながら訊いた。

「水遁《すいとん》の術にございます」

布を巻き付けた木片を川に投じたという。

「弥次郎は、どうした」

しばらく走ったところで、唐十郎は足をゆるめて訊いた。ここまで来れば、蔵永た

ち
も追ってはこられまいと思った。

「盛川どのが、お助けしたはずです。游泳術《ゆうえいじゅつ》の達者ですから……」

咲はことばを濁した。

盛川は両国橋の上で会った男だが、いかに泳ぎに長《た》けた者でも、落ちる前に弥次郎が深い傷を負っていれば、助けようがないと咲も承知しているのだ。

(傷しだいか……)

唐十郎は弥次郎の身が気がかりだったが、今は伊賀者に任せるより手はなかった。

ふたりが、蔵永たちの手から逃れ、人通りのない神田川沿いの道をしばらく歩いたとき、ふいに唐十郎の足がとまった。

(だれかいる……)

前方の柳の樹陰に、佇《たたず》んでいる黒い人影があった。

5

人影は武士だった。

五間ほどに迫ったとき、樹陰の武士はゆっくりとした足取りであらわれ、唐十郎たちの行く手をふさいだ。

色白で豊頰、笑っているように目を細めている。福々しい温顔に見えるが、背筋を凍らせるような不気味な雰囲気をただよわせていた。

「小宮山流居合、狩谷唐十郎どのにござろうか」

武士はだらりと両手を下げたままで、殺気はまったく感じさせなかった。

「いかにも、お手前は」

「青木吉兵衛と申します。人の悪いご仁は、恵比寿などとからかいますが……」

そういうと、右手をゆっくりと柄に伸ばした。

（恵比寿！）

この男が、同心や与力を斬った刺客だ、と気付いた。

尋常な相手ではない。唐十郎は、ぐっと腰を落とし、抜刀の体勢をとった。

さらり、と吉兵衛が抜いた。

ギラッ、と白銀のように光り、青白い光芒を曳《ひ》いて刀身が流れた。夜闇を裂くような妖光だった。

（こ、これは、京女鬼丸！）

唐十郎は震撼した。

まさしく、京女鬼丸のもつ目を射るようなかがやきだった。

吉兵衛は二、三歩前進し、三間ほどの間合をとって星眼に構えた。自然体のゆったりとした構えだが、唐十郎の左眼につけられた剣尖《けんせん》が鋭い殺気を放射していた。

「陽炎《かげろう》の剣でござる」

いいざま、吉兵衛は刀身を縦一文字にとり、体中剣に構えた。

「小宮山流居合、鬼哭《きこく》の剣……」

唐十郎が応じた。

小宮山流居合には、鬼哭の剣と呼ばれる一子相伝《いっしそうでん》の必殺剣がある。遠間から、抜きつけの一刀を敵の首筋にあびせ、血管《ちくだ》を斬る剣である。敵の太刀筋を読み、間合を見切って跳躍しながら抜刀する。片手斬りで上半身も前に伸びるため、二尺一寸七分の祐広が四尺の長刀にも等しい威力を生む。

血管から噴出する音が、鬼哭を思わせることからこの名がついた。

唐十郎は腰を沈めたまま吉兵衛の斬撃の気配を読み、鬼哭の剣をはなつ機をうかがった。

(……こ、これは！)

唐十郎は我が目をうたがった。

一文字に立てた吉兵衛の刀身が、霊気のような青白い光を放ちはじめたのだ。しかも、その刀身の陰で、吉兵衛の体が棒のように細くなり、ゆらゆらと揺れだしたのだ。

陽炎！　まさに、それは闇の大地から妖気の燃えたつような陽炎だった。

（間合が読めぬ！）

唐十郎はこのまま、対峙することの危険を感知した。

半歩さがり、吉兵衛の爪先に視線をつけた。斬撃の起こりの太刀筋は見えぬが、体の動きは察知できる。

フッ、と青白い光芒が頭上に伸びるような気配がした刹那、吉兵衛の爪先が大地を蹴った。

おそらく、刀身を目にしていれば面にくると錯覚し、払おうと抜き上げたにちがいない。だが、唐十郎は敵の腰のあたりで刃唸りを聞き、

（胴にくる！）

と察知して、咄嗟に祐広を抜きかけたまま背後に撥ね跳んだ。

凄まじい刃風《じんぷう》が胴をかすめた。

灼《や》けるような衝撃が脇腹をはしり、着物の腹部が大きく裂けて垂れさがった。露《あらわ》に

なった脇腹に血の線がはいる。

アッ！ という叫び声をあげたのは、固唾《かたず》を飲んで勝負のなりゆきを見つめていた咲だった。

「……浅かったか」

一瞬、吉兵衛は驚いたような顔をしたが、すぐに、目を糸のように細くし、含み笑いを浮かべ、

「次は、もう少し深くまいろう」

そういうと、また体中剣に構えた。

京女鬼丸の仄《ほの》かな光を映した吉兵衛の恵比寿のような顔が、面妖な猩々《しょうじょう》のように不気味に浮かびあがったが、すぐに光芒につつまれ、遠ざかってゆらゆらと揺れだした。

（恐ろしい剣だ……）

唐十郎の背筋に冷たいものがはしった。

抜刀していたら、胴を深く抉られていた。咄嗟に背後に跳んだため、わずかに切っ先が右の脇腹をかすめただけだが、その太刀筋が読めなければ次はかわしきれない。

つ、つッ、と唐十郎は後じさった。吉兵衛は体中剣の構えのまま追う。祐広の柄に

右手を添えたまま、唐十郎は土手の縁まで追いつめられた。

そのときだった。

「唐十郎様、ご助勢いたします」

と咲が叫びざま、吉兵衛にむかって何かを投げた。

吉兵衛の肩口と腹部で、パッ、と白粉が散る。同時に、ワッ、と声をあげ、吉兵衛の体がよろめき、体中剣の構えが崩れた。

目潰しである。

唐十郎は、光芒の消えた一瞬の隙を逃さなかった。鬼哭の剣をはなつべく、柄に手をかけたまま一気に間合をつめた。

吉兵衛は左手で顔を覆ったまま、素早い動きで左手にまわりこむ。

トオッ！　鋭い気合と同時に唐十郎の祐広が鞘ばしり、切っ先が鋭く吉兵衛の首筋へ伸びる。その切っ先を払いながら、吉兵衛がのけ反るように背後に大きく跳んだ。

虚空に、キーンという金属音を残し、吉兵衛の体が薄闇の中にかき消えた。土手の縁を飛び越え、空中からそのまま土手下の川面に落下したらしい。

ザボッ、という大きな水音がした。

唐十郎は走り寄って川面を覗いた。バシャ、バシャ、と水音がし、月明かりを映した川面が波立っていた。

(手応えはなかった……)

鬼哭の剣の切っ先は空を斬っただけだった。

「唐十郎様、舟が」

咲の声に闇を透かして川面を見ると、ギシギシと櫓《ろ》を漕ぐ音とともに一艘の猪牙舟《ちよき》が姿をあらわし、水音のするそばに舟体を寄せた。

艫《とも》で櫓をあやつる頰っかむりした男の姿に、唐十郎は、

(あやつ、両国橋の下を通った船頭だ)

と気付いた。

6

咲をともなって歩き出すと、唐十郎はあらためて腹部の傷に気付いた。痛みそのものはたいしたことはなかったが、思ったより出血は激しかった。小袖の腹部はぐっしょりと血に濡れ、手を突っ込むと鮮血に染まった。

「唐十郎様、すぐに手当てをいたさねば」

　咲はべっとりと血に濡れた唐十郎の手を見て、驚愕《きようがく》した。

「うむ……」

　傷は浅く、肉を裂いただけだったが、出血は思いのほか多かった。

　出血は侮《あなど》れない。長い間、人の首を刎《は》ね、屍体を斬って生きてきた唐十郎は、体内からどの程度出血すると命が危ないか知っていた。

　神田花房町《はなぶさ》――。

　筋違御門《すじかいごもん》ちかくに朽ちかけた稲荷《いなり》の赤い社《やしろ》があった。商家の間をはいった路地のつきあたりで、周囲を数本の樫《かし》が社を覆うように葉を茂らせている。

　唐十郎の背中を押すようにして赤い鳥居をくぐり、この社まで連れてきたのは咲だった。咲は迷わず、観音開きの扉を開くと、唐十郎をなかにいれた。

　社のなかは狭かったが、板壁に小さな格子窓があり、月明かりが射しこんでいた。正面に小さな祭壇があったが、床が思ったより広く小綺麗《こぎれい》で茣蓙《ござ》まで敷いてあった。

　どうやら、ただの稲荷ではないようだ。

「ここは伊賀者の、隠密御用のときの着替えの場でございますが、このようなときのため、薬も用意してございます」

　咲は祭壇の後ろに変装用の衣類や忍具なども隠してあると話し、祭壇の端を押すとくるりと回転し、咲の姿が闇に消えた。田楽返《でんがくがえ》しと呼ばれる仕掛けである。

すぐに、咲が手に布袋を手にして姿をあらわし、

「止血いたします、そこに」

唐十郎に茣蓙に座れ、といった。

「いつぞやの逆になったな」

唐十郎は苦笑いを浮かべた。

以前、敵に襲われたとき、太腿に傷を負った咲の手当てを唐十郎がしたことがあったのだ。

唐十郎が座ると、咲は小太刀をとって、すぐに血濡れた布を切り裂いた。

咲の顔がこわばった。

唐十郎の腹部がべっとりと血に染まり、さらに傷口から鮮血が流れ出している。

咲は手早く三尺手拭いで血を拭い、布袋から取り出した白いちいさな陶器から、青黒い塗り薬を指先にとってたっぷりと塗った。

「どくだみの葉汁《はじる》と藁灰《わらばい》を練ったものでございます。これで、血はとまります」

さらに、咲は、貝殻の容器から油薬を指にとってうすく塗り、重ねた白布をあてがった上から幾重にもさらしを巻いた。

てきぱきと手当てする咲の額《ひたい》に汗が浮き、紅の引いてないちいさな唇をきつく結んでいた。総髪を無造作《むぞうさ》に後ろで束《たば》ねただけの咲は、少年のような顔をしていた。

「唐十郎様、しばらく、お休みください」

咲が額の汗を拭いながらいった。

「すまぬな」

唐十郎はおとなしく、莫蓙の上に体を横たえた。

咲は唐十郎の枕元に座り、視線を膝先に落としたまま凝《じ》っとしていた。

辺りは静かだった。人声はもちろん、犬の遠吠えも聞こえなかった。ふたりのいる社のなかだけが、地の底に沈んだような静寂につつまれている。腹の傷が疼《うず》き、唐十郎の気持ちを妙に昂《たか》ぶらせた。

「咲……」

唐十郎が膝先にのせた咲の手をつかんだ。

ハッとしたように咲は身を硬くし、

「……いけません。お体にさわります」

と小声でいった。

「かまわぬ。今夜は、どういうわけか、無性に咲が欲しい」

唐十郎の体が熱く燃えているのは、傷のせいばかりではなかった。腹の底から突きあげてくるような荒々しい情欲が、目の前の女を欲しがっていた。

抑制しがたい荒波のような激情だった。二度の生死を賭けた闘いの高揚と疲労が情欲に火をつけ、獣のような心を呼び覚ましていた。

唐十郎は強引に咲の手を引いた。

困惑したように、咲はちいさく首を振ったが、唐十郎が半身を起こそうとすると、

「……お待ちください」

といって立ちあがり、自ら腰紐を解いて忍び装束を脱いだ。

格子窓から射しこんだ月明かりに、咲の裸身が陶器のように白く浮きあがった。咲は濡れたように光る黒瞳《こくとう》で見つめながら、そっと唐十郎の胸に肌を重ねてきた。唐十郎の傷を気遣っているらしく、腹部に触れないよう膝を立てている。

唐十郎は横臥《おうが》し、手を咲の背中へまわすと、咲も横になり、若鮎《わかあゆ》のようにしなやかな肢体を寄せてきた。

咲は薄く目を閉じ、喘《あえ》ぐような吐息を漏《も》らした。汗ばんだ肌は熱く、しっとりと吸いつくようだ。

「……咲は、ずっと、お待ちしておりました」

咲は自分から唇を重ね、下半身を密着させてきた。

唐十郎は咲の口を吸い乳房を愛撫したあと、半身を起こし、咲が抗《あらが》うように首を振るのにもかまわず、裸身に覆いかぶさった。

そのとき、腹部に強い痛みがはしったが、強引に唐十郎は咲の中に挿入させた。

咲が短く喉を裂くような愉悦の声をあげて受け入れ、唐十郎はさらしから染み出た鮮血が咲の白い肌を染めるのを見ながら精を放出した。

夜は深々と更けていく。唐十郎は情欲の去った後の潮の引くような気怠さにつつまれ、深い闇のなかに仰臥《ぎょうが》していた。

唐十郎は祐広を引き寄せ、裸身のまま目を閉じた。敵の攻撃に対応するため、どんなときでも、祐広はそばに置く。

ふと、唐十郎の瞼《まぶた》に、京女鬼丸の妖光が閃光のようにきらめいた。それが、激しい刃風をともなって腹部に迫ってくる。

ハッ、と目を開いた。

（……陽炎の剣！）

むろん、一瞬の幻覚だった。

体は綿のように疲れていたが、意識は針先のように覚醒している。

「咲……」

天井に目を開いたまま、呟くようにいった。

「はい」

咲は肌を染めた血を拭《ぬぐ》いもせず、そっと額を唐十郎の胸につけ、寄り添うように身を横たえている。

「吉兵衛の刀は、京女鬼丸であったが……」

「まことでございますか」

咲は驚いたように顔をあげた。

「まさか、あの男が、大塩平八郎の忘れ形見ということはあるまいな」

吉兵衛には殺戮を楽しむようなところがあり、根っからの刺客だ、と唐十郎は感じていた。

「辻斬りに奪われたという一振りかもしれませぬ」

「うむ……」

おそらく、そうだろうと思った。吉兵衛が辻斬りだったとすれば、辻褄が合う。

それにしても、吉兵衛が京女鬼丸を帯刀している以上、勝負は避けて通れそうもなかった。

（……あの妖剣に勝てようか）

そう思ったとき、冷水を浴びたように唐十郎の上気した肌に鳥肌がたった。

7

唐十郎と咲が一夜をともにしているころ、相良甲蔵は蔵永たちの後を尾《つ》けていた。

咲が唐十郎の助勢に飛び出したとき、手裏剣で蔵永の足をとめたのは相良だったが、そのまま神田川縁の叢《くさむら》に身を潜め、蔵永たちの後を追ったのである。

猿の次郎は、相良の陰に身を隠すようにしてついてきた。

蔵永たちは和泉橋《いずみばし》を渡り、神田岩本町《かんだいわもと》にはいった。雨戸のおりた商家のつづく通りを小伝馬町《こてんま》の方にむかっていく。

ときどき、腕を斬り落とされた浅岡の呻き声が聞こえてきた。

その浅岡を間に挟むようにして、蔵永と佐戸倉が歩いている。他の武士は、和泉橋を渡ったところで別れたが、相良は三人の後を尾けた。

蔵永たちは、四方に厳重な堀と塀をめぐらせた小伝馬町の牢屋敷を右手に見ながら日本橋浜《はま》町にはいり、武家屋敷の門前でたちどまった。

そのとき、すでに相良は門前の見える樹陰に身を潜めていた。

三人は辺りをうかがい、尾行者の姿がないのを確かめてから門のなかに姿を消した。

冠木門《かぶきもん》に黒板塀をめぐらした屋敷は、百石前後の幕臣の住まいのようだった。

（……安藤右京亮《あんどううきょうのすけ》）

幕府御腰物方《おこしものかた》、安藤家の屋敷である。

腰物方は、奉行の指図のもとに将軍の佩刀《はいとう》の保管手入れから、大名に賜《たまわ》う剣、献上された剣などを取り扱う役職である。

すぐに、相良は板塀を乗りこえて屋敷内に侵入した。

狭いながらも庭があり、次郎は塀をこえるとすぐに楓《かえで》の木にのぼって葉叢《はむら》のなかに姿を隠した。

相良は庭に面した縁側の床下にもぐりこみ、人声に耳をかたむけた。

蔵永たちは縁側のつづきの座敷にいるらしい。主人の安藤と蔵永たちのやりとりが聞こえてきた。どうやら、安藤が家人に命じて浅岡の傷の手当てをさせているらしい。

……勝手に出歩くから、そういうことになる。

安藤の苛立った声が床下に響いてきた。

……伊賀者さえ邪魔にはいらねば、討ち取れたのだ。

と蔵永が不満そうに応じた。

……とにかく、どこに町方や伊賀者の目が光っているか知れぬ。以後、勝手な振る舞いはつつしまれよ。

……安藤どの、ご懸念にはおよばぬ。われらの当面の目的は、あくまでも藤原清丸を拉致し、仲間に加えること。江戸市中に出没する賊とは別でござる。

……だが、幕府が謀反《むほん》人とみなすことに変わりあるまい。用心に越したことはない。

……そう、気をまわすこともござるまい。さるお方も、狩谷とか申す試刀家のことは気にかけておられる。われらの当面の仕事は、清丸の確保とあの男の始末でござる。

……大願成就の前に露見すれば、切腹ぐらいではすまされぬのだぞ。……当家への出入りも、しばらくは遠慮願いたいものだな。

憤慨したようにそういい置くと、安藤は部屋を出ていったらしく慌ただしく襖《ふすま》を閉める音がし、あとは蔵永たちだけの密談になった。

切れ切れに聞こえてきた三人の話から、蔵永が讃岐《さぬき》、佐戸倉と浅岡が大坂の浪人で、半年ほど前から江戸に出てきていることが知れた。

また、蔵永たちが、〈さるお方〉と呼ぶ者の命令で動いているらしかったが、その名は口にしなかった。ただ、話し振りからすると、かなりの年配者らしいことは分かった。

半時ほど、相良は床下で聞き耳を立てていたが浅岡が眠ったらしく、ふたりの会話がとぎれたのを機に床下から這い出した。

それから、一時ほど後、相良の姿は本郷の綾部家の屋敷内にあった。

寝所の襖をかすかに叩くと、やや間を置いて夜具を動かす音がし、

「……相良か」

と綾部から声がかかった。

「はい、清丸どのの拉致を企んでおります浪人どもの素性が知れましたので」

「ほほう、………申してみよ」

「出自は讃岐、大坂、京。……首謀者とおぼしき三人は大嶋流槍術の遣い手で、その

他、十人前後の浪人が行動を共にしております。半年ほど前から、腰物方、安藤様の屋敷に出入りし、清丸どのを拉致せんと狙っているようでございます」

「腰物方の安藤だと」

綾部は声を大きくして訊きかえした。

「はい、幕府に察知されるのを恐れているような口振りでございました」

相良は簡単に安藤の屋敷で耳にしたことを、綾部に伝えた。

「うむ……。確か、安藤は、腰物奉行、小出外記《こいでげき》の支配下だったはずだな」

「そのようでございます」

「外記か……」

「小出様もからんでおりましょうか」

「おそらくな。……腰物奉行なれば、京女鬼丸の謂《いわれ》を知る機会もあったろう。あやつなら、何ごとか企んでも不思議はない。……して、その浪人たちと江戸を騒がせている大塩救民党のかかわりは」

「表向きはございませぬ」

「すると、こういうことになろうか。……まず、大塩救民党なる一団が江戸の大店《おおだな》を襲い、金品を強奪しておる。また一方では、奉行所の与力、同心などを次々に手にかけている得体の知れぬ刺客がおる。さらに、清丸を拉致し、仲間に加えようとしている浪人組も出没しておる、とな」

「仰せのとおりにございます」

「手が混んでおるな。三方から、ご政道に揺さぶりをかける魂胆のようじゃ」

「…………」

「わしは、いずれも同じ穴の貉《むじな》と見るがどうじゃ」

「はい。先日、町方の者が大塩救民党の隠れ家で見たという、御前様と呼ばれる頭巾で顔を隠した老齢の武士、さらに、浪人たちの話に出たさるお方は、同じ人物ではないかとみておりますが……」

「うむ……。そやつは、不敵にも江戸の治安を乱し、御老中、阿部様をはじめとする幕府の要職にある者を殺害し、幕政の転覆を謀《はか》るのが狙いと申したそうな」

「そのように、町方の者が耳にしたと聞いております」

「それほどの大物となれば、そう多くはおるまい。……相良、心当たりはないか」

「いえ、ございませぬ」

「わしにな、心当たりがあるにはあるのだが……」

綾部が迷うように小声でいった。

「だれでございますか」

「その前に、蔵永たちが遣う大嶋流槍術じゃが、確か、道場は大坂にあると聞いておる。とすれば、清丸をつけ狙う浪人どもは、大坂で蜂起した大塩平八郎の残党ではないかな」

「拙者も、そう推測しております」

「さらに、その首領格の蔵永と申す者が讃岐の出自となれば、浮きあがってくる黒幕はひとりじゃ。……相良、刺客の手にかかった与力、同心を並べてみよ。いずれも、天保の改革の折りに、鳥居の奢侈《しゃし》禁止令の過酷な取り締りに反発した者たちじゃ。それに、腰物奉行の小出外記は、当時から鳥居とは親密であったとの噂があるぞ」

「す、すると、一味の黒幕は鳥居耀蔵《ようぞう》！」

相良が驚いたように声をあげた。

「あの妖怪、またぞろ、封じ込められた岩屋からさまよい出たかもしれぬな」

「ま、まさか、そのような……」

相良が驚くのも無理はなかった。

鳥居耀蔵はすでに一昨年の十月に幕閣を追放され、讃岐丸亀《まるがめ》藩に宿預けになっていた。

老中、水野忠邦の腹心だった鳥居は、天保の改革を推進するが、水野が執政にいきづまると反対派の土井利位《としつら》に寝返って生き残りを謀った。

ところが、その土井も翌年には罷免《ひめん》され、土井、水野に代わって老中、阿部正弘が実権を握ると、鳥居たち天保の改革の担当者は断罪されたのである。

現在、鳥居は讃岐丸亀藩京極邸《きょうごくてい》に幽閉の身のはずだった。

「念のため、鳥居が讃岐の地でおとなしくしておるか、調べてみろ」

「ハッ」

「鳥居という男、権力の座に執着し、残忍、狡猾ゆえに、妖怪と恐れられた男じゃ。亡者のごとく、讃岐の地から江戸にまいもどったかもしれぬぞ」

「な、なれど……」

たとえ、京極邸から脱走して江戸にまいもどってきたとしても、いまさら、鳥居の讒言《ざんげん》に耳をかし、陰謀に荷担する者がいるはずはない。

そのことを相良が話すと、

「ひとりいる。土井利位様じゃ」

「土井様……」

相良には信じられなかった。

確かに、土井は水野を失脚させ、幕閣の頂点に登りつめた男ではある。

だが、一度罷免された水野が、外交問題の処理のため老中主座に返り咲くと、土井は病気を理由に潔《いさぎよ》く幕閣から身を引き、今は、好きな科学の研究に没頭していると聞く。いまさら、権力闘争に鎬《しのぎ》をけずる執政の場にもどってくる野心があるとは思えないのだ。

「確かに、土井様にそのようなお気持ちはあるまい。だが、土井様の名を騙《かた》り、阿部様に不満をもつ幕閣に働きかけることはできる。その証拠に、腰物奉行の小出は、土井様を信望していた男のひとりでもある」

「……………！」

「だがな、たとえ、土井様の名を騙って幕閣に働きかけたとて、そう簡単に政権は動きはせぬぞ。それに、大塩の名のもとに、不満分子を集めたとて、痩浪人に何ができる。いかに、義賊を装《よそお》うと夜盗は夜盗じゃ。いずれは、縄を受ける」

「いかさま」

「だが、何かあるぞ。……これほどのことを企てる深謀知略の者が、よもや、夜盗の力などで幕府の実権を握れるなどと思ってはおるまい。大塩救民党だけが、やつらの駒ではないぞ。西国よりまいった浪人たち、小出外記、南北奉行所、それらをつつみこむ大きな陰謀が動いていそうじゃ」

「…………」

「今、わが国は揺れておる。開国を迫る諸外国の圧力、天保の改革の失敗による幕府権威の失墜《しっつい》。……権現様《ごんげんさま》（家康）の開府以来、幕府がこれほどの危機にみまわれたことはなかろう。このような艱難《かんなん》のときに、これ以上、つまらぬ騒動で幕政の舵をとられている阿部様をわずらわせてはならぬ。……相良、手にあまれば斬ってもかまわぬ。一刻も早く敵の本体をつかみ、始末せい」

「ハッ」

寝所の廊下に、フッと風のたつような気配を残して相良の姿が消えた。

第四章　槍と居合

1

本所、緑町の空屋敷の庭に萩《はぎ》が、淡紅色の花を咲かせていた。

それほど広くはないが、庭園には池泉もあり、松や槇《まき》などの常緑のなかに色づきはじめた紅葉《もみじ》や楓《かえで》が華やかな彩《いろど》りを添えている。

この屋敷は、二年前まで大身の旗本の住まいだったという。当主が急病で非役となり、緑高を失ったため別の屋敷を拝領し転居したらしい。

爾後《じご》、ここは空屋敷のまま相良たちの管理下におかれているそうだ。

唐十郎は、可憐な花をつけた萩の植え込みのそばで祐広《すけひろ》を抜いた。

秋冷の大気を斬る刃音が、ひっそりとした庭に響く。腹部に痛みはない。吉兵衛に受けた刀傷は治癒《ちゆ》したようだ。

「だいぶ、およろしいようでございます」

唐十郎の背後には、咲が立っていた。

武家の娘らしく、ふっくらした島田に髷《まげ》を結い、紅葉をあしらった小袖に亀甲模様《きっこうもよう》の帯を腰高に締めている。

相良に勧められるままに、唐十郎が空屋敷で傷の養生をはじめてから二十日ほど経《た》つ。居合にとって、腹部の傷は厄介《やっかい》だった。抜刀の瞬間、大きく上体を伸ばすため、治りかけた傷口が口を開きかねない。傷口がふさがるまで、空屋敷で養生されたほうがよろしかろう、という相良の言葉にしたがったのだ。

唐十郎が空屋敷に来てから、身のまわりの世話は咲がみてくれた。

傷が癒《い》えるまでの短い間だが、咲は唐十郎と同じ屋根の下で過ごせることが嬉しいようだった。ときどき、相良や他の伊賀者のいない夜を見はからって、咲の方から寝間に忍んでくることもあった。

唐十郎は祐広を鞘に納めて訊いた。

「弥次郎は来ぬか」

佐戸倉の槍に突かれ、神田川に落ちた弥次郎は盛川に助けられていた。幸い、槍先が肩先の肉を抉《えぐ》っただけで、骨も筋も損傷していなかったので、唐十郎より先に出歩けるようになっていた。

ここ五日ほど、ふらりと空屋敷にあらわれ、留守にしている道場の様子や清丸の稽古をみて帰った。

おかねには、弥次郎から、稽古のためしばらく江戸を離れる、と話してあり、道場の雨戸は閉めたままだという。

「今日は、本間様のお姿は見えませぬが……」

咲は庭の隅に目をやった。

空屋敷の門はすべて閉じられていたが、裏門の潜戸《くぐりど》だけがひらくようになっていて、弥次郎はそこから庭先にあらわれることが多かったのだ。

「それにしても、静かだな」

野鳥の囀《さえず》る音もなく、屋敷内はひっそりしていた。

おそらく、相良や他の伊賀者も大塩救民党の隠れ家を探すために屋敷を出ているのだろう。

相良の語ったところによれば、浅草新鳥越町の源光寺から逃亡した大塩救民党はその後、ふっつりと姿を消しているという。

現在、相良と伊賀者は浜《はま》町の安藤邸を張っているらしい。

蔵永たちには、つなぎがいるはずでございます、そいつを手繰れば、首領にいきあたりましょう、と相良は話していた。

そのとき、ふいに、咲が目をけわしくし、

「何者か、まいったようです」

と小声で伝えた。

庭の隅で足音がした。弥次郎とはちがう。歩き方がやけにせわしい。短軀に、猪首《いくび》。腰に十手をぶっ差している。貉《むじな》の弐平《にへい》である。

「旦那、お久しぶりで……」

そういえば、道場に匿《かくま》ったままだったが、おそらく、弥次郎から話を聞いてここにいるのを知ったのだろう。

弐平は、チラッ、とそばにいる咲に目をやり、どうも、お騒がせしやす、といいながら、ぺこッと猪首を引っこめた。

咲とも面識があった。以前、唐十郎が鳥居耀蔵の事件にかかわったとき、弐平もこの屋敷に顔を出したことがあったのだ。

「生きていたか」

「ふん、その言い草はねえでしょう」

弐平は短い両手を、胸の前で、だらりと垂らして、

「死んでも死にきれねえんで、こうやって、化けて出たんですよ」

とうらめしそうな顔をした。

「弐平なら、荒れ道場に巣喰うに、適役かと思ってな」

「冗談じゃァねえや、旦那みてえに、地蔵の石頭を拝んでひとりで暮らすのなんざァ真っ平御免だ。仕方がねえから、元鳥越町の義兄《あにき》んところへころがりこんでたんですよ」

と顎《あご》をしゃくるように突き出していった。

義兄というのは、女房のお松の兄で、浅草元鳥越町で荷売りの茶飯屋をやっていた。おそらく、そこに傷が治るまで匿ってもらっていたのだろう。

「ところで、弐平、今日は何の用だ」

わざわざ文句をいいに来たわけではなかった。その証拠に、口汚なく唐十郎の仕打ちを罵《ののし》ってはいるが、そのどんぐり眼《まなこ》には安堵の色が浮いていた。

おそらく、弥次郎から唐十郎も傷を負ったことを聞かされ、様子を見がてら、何か伝えるために来たにちがいない。唐十郎が回復している様子を見て、ふてくされた言葉も出たのだろう。

「ヘッ、へ……。今度は、あっしが旦那の役に立てるんじゃァねえかと思いやしてね」

弐平は唐十郎を舐めるように見て、胸先で揉み手をした。

「どういうことだ」

「本間様に聞いた話じゃァ、あの恵比寿とやりあったそうですね」

「ああ……」

「どうです、あっしが、恵比寿の居所を突きとめやすから、たたっ斬っちゃァいただけませんかね」

「請け負えんな。……それにしても、なぜ、おれに斬らせようとする。恵比寿は町方で捕《と》ったらよかろう」

唐十郎は弐平が岡部の仇《かたき》として、仙造という岡っ引きだった男と吉兵衛を執拗に尾《つ》けまわしているのを知っていた。

「それがね、下手に奉行所へ話を持っていくと、あっしの首が危ねえような気がしやしてね」

弐平によれば、源光寺で大塩救民党一味を取り逃がしたとき、どう考えても、一味への内通者がいたとしか思えない、というのだ。

それも、奉行所内にいなければ、捕り方を集めている間に連絡し、裏手の杜《もり》から一味を逃がすことはできなかったはずだという。

「あっしは、どうしても、仙造と恵比寿は逃がしたくねえ。それで、旦那の腕を借りてえんで……」

めずらしく、弐平は真剣な顔をして訴えた。

「おれの方から出向かなくとも、向こうから来るだろうよ」

吉兵衛は自分を狙って、神田川沿いで待ち伏せしていたのだ。清丸の身辺にいることが邪魔なのか、あるいは、相良たちの仲間であることを知って、始末しようとしたのか、ともかく、このまま見逃すとは思えない。

「まァ、あっしも旦那しか、頼れる方がいねえんでね」

そういって、弐平はチラッと咲の方に目をやった。

「とにかく、吉兵衛の所在をつかんだら知らせにこい」

唐十郎は、待ち伏せされるより時と場を選んだ方が闘いやすいと思った。

弐平が庭から姿を消すと、

「吉兵衛とか申した刺客《しかく》、われらも、行方を探しましょう」

と咲がいった。

「清丸も、放ってはおくまいな」

すでに、刺客が京女鬼丸を持っていることは清丸に話してあった。おそらく、清丸の助勢をして吉兵衛と対戦することになるだろう。

（どうあっても、陽炎《かげろう》の剣、避けて通るわけにはいかぬようだ）

と、唐十郎は肚《はら》を決めていた。

咲が屋敷内にもどると、唐十郎は祐広を抜いて、吉兵衛と同じように、体中剣《たいちゅうけん》に構えてみた。

刀身を横にして盾《たて》のように構えたのは月光を反射させるためではないかと、気付いたが、その太刀筋はなんとも不可解だった。刀身の光が消えた瞬間、面に斬りこんでくる強い気配がし、それと同時に胴を襲ってくるのだ。

面へ斬りこむと見せて、胴へ斬り返すにしては、あまりに迅《はや》すぎる。それに、寄り身が神業《かみわざ》とも思えるほど素早いのだ。三間もの遠間《とおま》から、面にくる、と察知した瞬間に、胴へ凄まじい薙《な》ぐような一太刀《ひとたち》が浴びせられるのだ。

(……ただ、迅いだけではない)

面から胴へ斬り返す吉兵衛の太刀筋が読めなければ、鬼哭の剣も遣えぬ、と唐十郎は思った。

2

腹の傷が癒えると、唐十郎は松永町の道場にもどった。

翌日の夜、相良が訪ねてきた。人目を引かぬよう、網代笠《あじろがさ》に法衣という托鉢僧《たくはつそう》の身支度である。

「狩谷どの、大塩救民党の隠れ家を突きとめました」

庭先にまわった相良は、網代笠で顔を隠したまま伝えた。

相良の話によれば、配下の伊賀者が近ごろ頻繁《ひんぱん》に吉原《よしわら》に出入りするようになった浪人の足取りを追っていて、探りあてたという。

大塩救民党の多くは、浪人や微禄の御家人の子弟と当たりをつけ、金をつかめば、女を買いにくる者がかならずいる、と読んで張り込んでいたらしい。

「場所は」

「小塚原《こつかつぱら》の仕置場《しおきば》の先の中村町《なかむら》、信慶寺《しんけいじ》という畑中にある寺でございます」

「遠いな」

中村町といえば、人家もまばらで田畑のひろがる江戸のはずれである。目と鼻の先に千住《せんじゆ》大橋があり、橋を渡れば草加《そうか》の在《ざい》になる。

「お力添えをいただけましょうや」

相良が訊いた。

「清丸はどうする」

「われらの狙いは、大塩救民党を始末すること。清丸どのにも、同道していただき、首領の差料をお渡しするつもりでおります」

「伊賀者とおれたちだけで、始末しようというのか」

当然、弥次郎も加わるが、それにしても三十人からいるという一味を全滅させることはできない。

「いえ、火盗改の内藤様が出動することになっております」

すでに、綾部から内密に話が通っていて、襲撃の準備をととのえているという。

「奉行所は」

「町方には、内密にことを運んでおります」

相良によれば、奉行所内に内通者のいる可能性が高いという。

「相良どの、火盗改が出向くなら、われらが加わることもあるまい」

「いえ、一味は、まず、大塩平八郎の忘れ形見と称する首領を逃がそうとするでしょう。火盗改とはいえ、取り逃がす恐れがございます。われらは、捕り方の襲撃には加わらず、首領だけを狙います」

相良は、その差料である京女鬼丸は、捕り方より先に手にしたいといった。

「いいだろう」

京女鬼丸を奪い、清丸に処分させることに異存はなかった。

信慶寺の境内につづく山門の前に、火盗改の与力、同心、配下の小者や若党などが蝟集《いしゅう》していた。総勢七、八十人、後ろ鉢巻《はちまき》に白木綿《しろもめん》の襷《たすき》、草鞋《わらじ》履きの与力、裏麻《うらあさ》の鎖帷子《くさりかたびら》に股引《ももひき》、脚絆《きゃはん》という捕物装束《とりものしょうぞく》の同心などが、息を潜めて境内の闇にそびえている本堂に目をあつめている。

すでに、子《ね》ノ刻《こく》（午前零時）を過ぎていた。杉や檜《ひのき》の鬱蒼《うっそう》とした常緑樹に覆《おお》われた境内は濃い闇につつまれて森閑とし、夜禽《やきん》の啼《な》き声も聞こえなかった。

皓《しろ》い月が天空にあり、葉叢《はむら》から差しこむ光が地面に淡い影を落としている。

「よいな、賊は本堂に集まっておる。とりかこんでから、仕掛けるのだぞ」

指揮をとっているのは、火盗改、長官の内藤忠明である。

内藤は、目深にかぶった陣笠《じんがさ》の下から鋭い視線を本堂にむけていた。

大塩救民党はその中に集まっているらしく、本堂の板戸の隙間からかすかに人声がし、灯明《あかり》が洩れていた。

「いけ！」

内藤が、颯《さ》ッと銀流しの十手を振った。

捕り方たちが、いっせいに足音を忍ばせて動く。賊が武士集団ということもあってか、突棒《つくぼう》、刺又《さすまた》、袖搦《そでがらみ》などの捕物具を手にした者が多い。

先導する龕灯《がんどう》が本堂を照らし、幾重にも捕方がとりかこんだところで、数名の同心が雨戸を蹴破った。

御用、御用……、という声が境内にひびき、三人、四人とひとかたまりになって、飛び出してくる武士たちの周囲を捕り方がかこんだ。黒い人影と龕灯提灯《ちようちん》の火がめまぐるしく交差し、夜の静寂を破る激しい金属音がひびき、錯綜する人影のなかで絶叫や呻き声が次々におこった。

唐十郎たちは本堂の見える山門のちかくで、境内で始まった火盗改の捕縛の様子を見ていた。唐十郎のわきには、弥次郎と清丸がいる。

「そろそろ、一味の首領が姿を見せるはずです」

忍び装束の相良が小声でいった。

姿は見えなかったが、咲と数人の伊賀者が闇のなかに潜んでいるはずである。

「ここを通るのか」

「はい、周囲の杜《もり》に抜け道はありませぬ。かこみを突破すれば、この参道から表通りに出ようとするはずでございます」

相良がそういっているうちに、七、八人の集団が本堂からあらわれ、緋羅紗《ひらしゃ》の陣羽織姿の若い武士をかこむようにし、一気に捕り方を突破しようと白刃を揮《ふる》って境内に躍り出た。

大勢の捕り方があらたに飛び出した集団をとりかこんだが、先導した数人が必死に斬りむすび血路をひらく。

「くるぞ、三人だ」

捕り方のかこみを突破したのは三人だった。

山門をくぐったところで、唐十郎と弥次郎が前に立ちふさがった。

「おのれ！　まだいたか」

唐十郎と弥次郎は無言で、抜刀の態勢をとった。

「邦之介様、ここはわれらが。……お逃げくだされィ！」

そう叫ぶと、陣羽織の若い武士を背後にかばうようにふたりの武士が立ちふさがり、唐十郎と弥次郎に切っ先をむけた。

「常州《じょうしゅう》浪人、笠松昌二郎《しょうじろう》！」

叫びながら、斬りこんで来ようとするその起こりへ、唐十郎の抜きつけの一刀が正面から襲った。

小宮山流居合、真《ま》っ向《こう》両断。

みごとに決まり、笠松の顔面を縦に斬った。石榴《ざくろ》のように開いた裂け目から血飛沫《ちしぶき》が噴きだし、絶叫をあげながら倒れる。

唐十郎とほとんど同時に、弥次郎もうひとりの相手に対して抜いていた。稲妻である。

弥次郎が横一文字に抜きつけた一刀は相対した武士の膝先をかすめ、背後に身を引くところをさらに踏み込んで肩口から袈裟《けさ》に斬り落とした。

唐十郎と弥次郎がふたりの武士を屠《ほふ》る間隙をついて、陣羽織の若い武士が、参道を表通りの方に逃れた。

が、前方に相良と清丸が待っている。

「救民党首領、邦之介か」

相良がいった。

「そこを、退け！　われは、大塩平八郎が一子、邦之介なるぞ」

邦之介が甲高い声で叫んだ。

「大塩の名を騙《かた》る痴者《しれもの》め！　許さぬ」

怒気をふくんだ声でそういい放つと、清丸が腰刀を抜いた。

一瞬、白銀のような光芒が闇に煌《きらめ》き、邦之介がハッとしたように一歩後退した。

「うぬは、何者」

「藤原鬼丸の弟子、清丸」

清丸の顔が怒りに紅潮していた。

「清丸、斬るな！　こやつから聞き出したいことがある」

そういって相良が、清丸の手元を押さえたとき、

「世直しぞ！」

と叫びざま、邦之介が狂人のように両眼を攣《つ》りあげ刀を抜きはなつと、逃れられぬと観念したのか、ふいに刀身を己《おのれ》の首筋にあてて引き斬った。

3

首筋から、鮮血が音をたてて飛び散った。

緋羅紗の陣羽織はもとより、顔や袖までも真っ赤である。なおも、邦之介は血飛沫《しぶき》をあげながら後じさり、京女鬼丸を突き上げるようにかざしたまま道端の叢《くさむら》に

崩れるように倒れこんだ。

「しまった」

相良が声をあげ、そばに駆け寄って邦之介の身体を起こした。

邦之介は虚空に目をすえたまま呻き声をあげていたが、相良の問いに答えることもなく、こと切れた。

「その刀、京女鬼丸か」

そばに歩み寄った唐十郎が、邦之介の死骸に目を落として訊いた。

「はい……」

清丸が死骸の手から刀を取り、刀身を月光にかざして見た。

血濡れてはいたが、太刀姿は優美で、淡い月光を浴びた刀身が白銀のような光を放った。間違いなく京女鬼丸だった。

「この男が、大塩平八郎の忘れ形見か」

自ら名乗っていたのを、唐十郎も聞いていた。

「もし、この者が大塩の遺子なれば、明光の裏銘が切ってあるはずでございます」

清丸は目釘竹《めくぎだけ》を取りはずし刀身を柄から抜いて、

「御覧ください」

そういって、唐十郎に中心《なかご》を見せた。

「……ある！　明光の銘が」

中心の目釘穴のすぐ下に、明光の二文字が刻んであった。

「これは、偽銘《ぎめい》にございます。わが師、鬼丸の切った銘ではございませぬ」

清丸は断定するようにいった。

鬼丸は、中心尻《なかごじり》にあわせて銘を切り、けっして途中に切るようなことはしなかったという。そういわれて見ると、表には鬼丸の二文字が中心尻に切ってあった。

「これは、何者かが勝手に明光の銘を切ったもの」

清丸は柄を嵌《は》めながらいった。

「この邦之介なる者、大塩の遺子を騙《かた》る偽者でございましょう。こやつ、役者のような顔だちをしておりまする。あるいは、何者かに操られた傀儡《くぐつ》かもしれませぬな」

相良が境内の方に目をやりながらいった。

「傀儡だと」

「ここを御覧くだされ。白粉《おしろい》でございます」

相良は邦之介の襟元を返して、首筋を見せた。

なるほど、首筋に薄く白粉が塗ってある。

「なにゆえ、白粉など」

「大塩の遺子として浪人たちを心酔させるには、美形がよろしかったのでしょう」

「うむ、浪人たちも、傀儡に踊らされていたということか」

唐十郎は、絶叫しながら己の首筋を引き斬った邦之介の最期から、あるいは、この男自身、大塩の遺子になりきっていたのかもしれぬ、と思った。

まだ、一味の捕縛はつづいているらしく、揺れ動く龕灯の光のなかで剣戟《けんげき》の響きや絶叫が聞こえていた。

「だが、この刀が京女鬼丸とすれば、残るは二振りということになるな」

唐十郎は清丸の方に顔をむけた。

「はい」

「さすれば、その二刀のどちらかに、明光の銘があり、それを所持している者が大塩の忘れ形見ということだが……」

そのうちの一刀は、恵比寿と呼ばれる吉兵衛が所持しているが、もう一刀の行方はまったく分かっていなかった。

「とにかく、いまは、この傀儡を操り、陰で大塩救民党を動かしていた者を捕らえねばなりませぬ」

そういうと、相良は顎《あご》を突きあげるようにして指笛を吹いた。

すると、すぐに境内の方から、向こう鉢巻に股引、脚絆姿の捕方がひとり駆けてきた。

顔を見ると、盛川である。どうやら、捕方のなかに紛れていたらしい。

「どうだ、頭巾《ずきん》で顔を隠した者はいたか」

相良が訊いた。

「おりませぬ。一味の首領らしき者は、先ほどかこみを突破した陣羽織姿の武士だけでございます」

「捕方の手から逃れた者は」

「ひとりもおりませぬ。まだ、数名、町方とやりあっておりますが、ほとんど召し捕られたようでございます」

盛川がいい終えて境内の方にもどると、いつ来たのかその背後の闇に咲の姿があった。

鼠染めの忍び装束に身をつつみ、覆面で顔も隠している。

「他の場所は」

相良が咲に訊いた。

「庫裏《くり》にも、他の堂塔にも、賊の姿はありませぬ」

咲は地面に膝先をついたまま答えた。

「やはり、御前様と呼ばれる男はいなかったか……」

「そやつが、邦之介を操っていたとみているのか」

唐十郎が訊いた。

「さよう、そやつが大塩救民党を動かしていた影の首領とみております」

相良は、後は火盗改に任せましょう、といって、山門を背にして歩きだした。

道々、相良が語ったところによると、影の首領と思われる者は御前様と呼ばれ、いまだに正体がつかめないという。

「蔵永たちが、さるお方と呼んでいる者も同じ人物ではないかとみております」

「そやつ、何者なのだ」

「元南町奉行、鳥居耀蔵ではないかと……」

「鳥居だと！」

思わず、唐十郎は声を大きくした。

「よもや、鳥居のような者が、と思われましょうな」

相良自身、綾部に指摘されるまでは鳥居のことなど念頭になかったという。

「ですが、大塩救民党や蔵永たちの背後に鳥居がいるとみれば、うなずけることが多くございます。どうやら、鳥居は先の老中主座であった土井利位《としつら》の名を騙り、幕閣の反阿部派に働きかけて復権を謀っているらしいのです」

相良によれば、まだ、幕閣には水野や土井にちかい有力な幕臣が残っており、鳥居は密かにそうした幕臣に接触しているらしいという。大塩の名を騙って大店《おおだな》を襲ったのは、江戸市中の治安を乱し現政権に揺さぶりをかけることと、幕閣たちを懐柔するための軍資金を得るためだというのだ。

「し、しかし、鳥居は讃岐、丸亀藩に宿預けの身のはずだぞ」

相良から話を聞いても、唐十郎は鳥居が丸亀藩の監視から逃れ、江戸に潜伏しているとは信じられなかった。

「確かに……。われらも、丸亀藩に探りをいれておりますが、鳥居は今も京極邸内に謹慎しているとのことです。あの男、妖怪の名のとおり、江戸を発つ前に、身代わりと入れ替わったのかもしれませぬ。さすれば、京極邸内で謹慎しているのは、鳥居の影武者」

「しかし……」

そういわれても、まだ、唐十郎は腑に落ちなかった。

「鳥居の暗躍を思わせる証《あか》しもございます」

相良によると、大嶋流の蔵永民部が丸亀藩のある讃岐の出自であることや、陰に土井や鳥居とつながっていた小出外記の存在があり、さらに、南町奉行所の中に内通者がいるらしいことなどを考え合わせると、それらの糸を操っている影の首領として鳥居が浮かんでくるというのだ。

「鳥居が南町奉行だった当時の配下が、まだ、奉行所内に多数残っております。その者のなかに、鳥居の意を受けて動いている者がおるのでしょう。こたびの捕り物も、火盗改の内藤様にご出役《しゆつやく》いただいたのは、奉行所の内通者に悟られないためでございます」

そういえば、弐平も奉行所内に内通者がいるようだ、とはいっていた。

「信じられぬが、いまだに、鳥居は幕閣への復帰を画策しておるというのか」

唐十郎は驚き、なかば呆れたような顔をしていった。

「まさに、妖怪にございますな。……鳥居にとって大塩救民党は蜥蜴《とかげ》の尻尾《しつぽ》のようなものだったのかもしれませぬ。……いかに大金をばらまこうが、盗賊を幕臣にとりたてることなど無理な相談でしょうからな。一味の捕縛は覚悟のうえ、いざとなったら、尻尾を切って関係を断つつもりだったのでございましょう」

相良は、前方に浅草山谷町《さんや》の家並が見えるあたりで立ちどまり、

「ここで召し捕られた者たちは、幕臣にとりたてることを餌《えさ》に利用されていたとみております。……影の首領の化けの皮を剝がすまでは、われらの仕事は終わりませぬな」

そういい残して、脇道にそれた。

東の空が明らみはじめ、山谷町の家並が黒い影となって前方にひろがっていた。唐十郎と弥次郎、清丸の三人は、ひっそりと寝静まった暁闇《ぎょうあん》の通りを歩いた。清丸の手には、京女鬼丸の一振りが大事そうに握られていた。

4

相良の予期したとおり、一味の首領は捕らえられなかった。

火盗改に捕縛された大塩救民党の多くは、執拗な詮議《せんぎ》や拷問にも口を割らなかったし、自白した者も、首領は自害した大塩邦之介だと訴え、時折り姿を見せた頭巾で顔を隠した武士については、御前様と呼び、名も住居も知らないといいはった。

江戸の町は大塩救民党捕縛の報に大騒ぎになったが、一揆《いっき》や打ち壊しなどの騒擾《そうじょう》

に発展する気配はなく、やがて、それも一抹《いちまつ》の落胆と諦《あきら》めをもって沈静していった。

義賊と称し、喝采《かっさい》を送った窮民層の者たちも、たかが数十人の夜盗の集団が何を叫ぼうと幕府の屋台骨は揺るがないし、世直しなど夢のまた夢、と感じとってはいたのだ。

だから、数日して江戸の町に初霜が降り、急に炬燵《こたつ》の火が恋しくなると、冬の訪れに関心は移り、救民党の名も大塩の名も人々の口の端《は》にのぼらなくなった。

だが、相良たち伊賀者はむろんのこと、南北の奉行所もこれで一件落着とは思っていなかった。

奉行所は、必死で同心や与力を斬殺した恵比寿の吉兵衛の行方を追っていたし、相良たちは大塩救民党を操っていた影の首領を探っていた。

咲が松永町の唐十郎の家に顔を見せたのは、大塩救民党が捕縛されて十日ほどしてからだった。

「どうした」

「はい、お頭が、すぐに、唐十郎様と本間様を緑町の空屋敷にお連れするようにと」

武家の娘の身形《みなり》で庭先に立った咲は、顔をこわばらせていた。

「何があった」

「どうやら、清丸様が匿《かくま》われていることに蔵永たちが気付いたようなのでございます」

咲がいうには、屋敷のまわりを得体の知れぬ浪人が見張っているので、後を尾けたところ蔵永たちが草鞋《わらじ》を脱いでいる安藤家にはいったという。

そして、仲間の浪人が十人前後集められたというのだ。

「お頭は、ここ一両日中に、襲ってくるだろうとみております。われら伊賀者だけで、蔵永たちを撃退するのは難しいゆえ、唐十郎様たちのお力をお借りしたいと」

「それにしても、執拗だな」

蔵永たちはどうあっても、京女鬼丸の模造刀《うつし》を清丸に打たせたいらしいが……。

そこまで、清丸にこだわろうとする蔵永たちの気持ちが、唐十郎には理解できなかった。

（贋作《がんさく》なら、別の刀工にも相応のものが打てよう）

という気がするのだ。

それを咲に訊いても、仕方がないと思い、

「なぜ、清丸を別の屋敷へ隠さぬ」

と訊いた。

伊賀者の管理する空屋敷は、緑町だけではないはずだった。

「お頭は、蔵永たちを利用して首領の隠れ家を突きとめたいようです」

「何か、策があるようだな」

「はい、それは、お頭から……」

咲はそういうと、屋敷の方でお待ちしております、といって先に出ていった。

緑町の空屋敷に着いたのは、弥次郎の方が早かった。案内された居間には、相良のほかに清丸や咲も顔をそろえていた。

唐十郎が相良たちと対座すると、

「われらは、蔵永たちも鳥居と目される影の首領とつながっているとみておりますが、その潜伏先が容易につかめませぬ」

と相良が切りだした。

蔵永たちと影の首領を結ぶつなぎ役がいるものと、安藤家を見張っているが、いまだにそれらしい動きがないという。

「そこで、蔵永たちがこの屋敷を襲ったら返り討ちにする所存ですが、何人か逃がすつもりでおります。さすれば、かならず安藤家にもどり善後策をこうじるため、潜伏しておる鳥居と連絡をとりましょう」

さらに、相良は安藤家の中間《ちゆうげん》に接触し、屋敷内に匿われているのは大塩救民党の残党らしい、との噂を流すという。

「蔵永たちの素性を承知している安藤はともかく、家臣たちは動揺するはずです。安藤が、すでに失脚している鳥居と運命をともにするほどの覚悟があって、蔵永たちに屋敷を使わせているとは思えませぬ。安藤という男、小心者のようです。計画が露見するとみれば、我が身を守るために、鳥居一味との関係を断とうと動きだしましょう。かならず、鳥居と接触し、そこから反阿部派の幕閣に働きかけようとしている者も浮かんでまいります」

「敵の巣に火を放つというのだな」

「はい、敵陣内から火を出させて攪乱《かくらん》する蛍火《けいか》の術のひとつでございます。忍びは、謀計をもって、攻めるを本領といたしております」

相良は目を細めていった。

ちなみに、蛍火術とは、蛍《ほたる》が腹中から火を放つごとく光ることから、偽の情報で敵陣内部を攪乱する術をいうようだ。

「蔵永たちは、何人ほどでこの屋敷を襲うとみる」

「九人。……すでに、蔵永たち三名のほかに、六名の浪人が安藤家に集まっております。神田川縁で狩谷どのを襲った仲間でございましょう」

「槍は、蔵永たち三人だけか」

「そのようで」

となると、水龍と称する蔵永と地龍の佐戸倉のふたりということになる。天龍の浅岡は右腕を斬り落とされているので、槍は遣えない。

「まず、九人を屋敷内に入れ、おれと弥次郎で二槍の相手をしよう。清丸に、浅岡は任せる」

弥次郎と清丸がちいさくうなずいた。

たとえ、槍は二本でも、三方から仕掛けてくるのが大嶋流包囲陣である。槍がなくとも、この包囲網を切り崩すのはむずかしい。一対一で対応し敵の力を分断するのが、唐十郎のとった戦法である。

「分かりました。蔵永と佐戸倉以外なら、われら伊賀者にもじゅうぶん相手ができましょう」

作戦が決まると、相良は、蔵永たちの動きを探ってくる、といって居間を出ていった。

その夜の子《ね》ノ刻《こく》（零時）過ぎ、見張っていた伊賀者から蔵永たちが安藤家を出たという報《し》らせがとどいた。

「よほど、われらの手裏剣に懲《こ》りているとみえ、腹当《はらあて》まで着込んでおります」

と相良がいった。

屋敷を出た八人は、腹当、脛当《すねあて》、鎖籠手《くさりごて》などで身を固めているという。

腹当というのは、簡略化された軽装の鎧《よろい》で衣服の下に着用することもできる。脛当と鎖籠手は、足や手を敵刃から守るために鎖を縫いあわせた防御衣《ぼうぎょい》のひとつである。

「斬るところがないな」

唐十郎は口元に苦笑いを浮かべた。

「頭、腕の付け根まわり、股を狙えばよろしいでしょう」

相良が弥次郎や清丸にも聞こえる声でいった。

たしかに、防御衣のない頭部、首まわり、肩口、股間などを斬るか、突くかして斃《たお》すよりほかに方法はなさそうだ。

「われらが遣う忍刀《にんとう》は敵に身を寄せて突くためのもの。鎖帷子《くさりかたびら》を着た者も苦にはなりませぬ」

相良はそういって、細い目を光らせた。

5

初冬の冴えた月光が、門前の広場を青白く浮きあがらせていた。風もなく、辺りは凍りついたように静まりかえっている。

足音がした。

九人の武装した集団が、短い影を落として緑町の空屋敷の門前に集まってきた。

表門はかたく閉じられ、塀に沿って竹矢来《たけやらい》が組まれていたが、門脇の潜戸《くぐりど》は開くようになっていた。

門前に集まった蔵永たちは、侵入方法を探るように辺りに目を配っていたが、仲間のひとりが潜戸の開くのに気付くと、

「閉め忘れたとみえるわ」

蔵永がそういって、口元に揶揄《やゆ》するような嗤《わら》いを浮かべ、手にした長槍を振った。侵入しろ、という合図である。

屋敷内はひっそりとしていた。灯明《あかり》も洩れてこなければ、人のいる気配すらない。

玄関の式台《しきだい》の前に一同が集まると、

「かまわぬ、侵入して屋敷内を探れ」

と蔵永が指示した。

数人が草鞋履きのまま式台に足をのせたとき、表門脇の長屋の陰から、スッ、と黒い人影が左右に散った。相良たち伊賀者である。すでに、抜き身をひっ提《さ》げているらしく、銀鱗のように月光を反射した。

さらに、玄関の正面に据えられた屏風《びょうぶ》の陰にも人のいる気配がする。

「待て！　鼠がおる」

その気配に気付いた蔵永が、屋敷内に踏み込もうとした仲間をとめた。

玄関から姿をあらわしたのは、唐十郎と弥次郎、清丸の三人である。

「うぬら、どこまでも、邪魔だてする気か！」

蔵永は憤怒《ふんぬ》に顔を紅潮させた。

「清丸の身を守るのも、おれの仕事でな」

「幕府の犬め」

「おぬし、なぜ、それほどまでに清丸にこだわる。大塩の残党を騙《かた》り、金品を強奪せんと企む夜盗なら、京女鬼丸の模造刀《うつし》などなんでもよかろう」

唐十郎のことばに、一瞬、蔵永の顔が歪んだ。

「われら、騙りではない。大坂町奉行所の追捕《ついぶ》の手を逃れた洗心洞の門人と、平八郎様を信奉する者だ。……さらに、われらは模造刀《うつし》など求めてはおらぬ。明光の銘を切った京女鬼丸を求めておる。清丸どのなれば、その刀の行方を知っておろうかと思ってな」

蔵永は清丸に目をむけた。

「やはり、大塩の残党か……」

予想どおりだった。しかも、大塩の忘れ形見が明光の銘のある京女鬼丸を所持していることも知っているようだ。

「それに、われらは夜盗ではないぞ。昨今、江戸を騒がせた救民党などとはちがう。平八郎様は困窮した民を救わんがため、町奉行や豪商に救済の方策を建言したが、私欲にのみ目を奪われた役人や商人は耳を貸そうとしなかった。そのため、やむなく蜂起されたのだ。……平八郎様の本意は幕府に反旗をひるがえすことではなく、腐敗堕落した役人たちに鉄槌《てつつい》をくだし仁政の目を開かせることにあった。……いま、われらはその遺志を継ぎ、幕府の悪政を改革せんがため起《た》とうとしておるのだ」

そのとき、ふいに、清丸が顔を紅潮させて、

「たかが、ひと握りの浪人の力でなにができる」

と声をあげた。

「清丸どの、幕政に不満を持つ窮民は、諸国に満ちておろう。平八郎様の遺子のもとに、諸国の志士が集まれば幕府を動かす大いなる力となるはずでござる」

蔵永が平然としていった。

「世の不安を煽り、騒乱をひきおこすだけだ」

「われらは、いたずらに蜂起などせぬ。幕閣を動かすことのできる味方もいる」

「わたしは、おぬしらと行動をともにする気などない」

清丸が決然としていい放った。

「ならば、力ずくでも同道してもらう」

蔵永が右手で持った槍を振りあげ、包囲陣を布《し》け、と命じた。

その声で、九人の武士が、颯《さ》ッ、と散った。

玄関先に立った唐十郎、弥次郎、清丸を三人ずつとりかこんで、大嶋流三方包囲陣の陣形をとった。

そのとき、蔵永たちの背後で黒い影が疾《はし》り、夜気が動いた。忍び装束の伊賀者である。総勢七人。咲と相良も加わっている。

すぐに、槍を持った蔵永と佐戸倉をのぞいた七人の浪人は、応戦するために体を反転させた。

いっせいに、伊賀者たちが浪人たちに襲いかかった。闇を走り虚空《こくう》を跳んで、巧《たく》みに斬撃の間をはずしながら忍刀を揮《ふる》う。

浪人たちはたちまち守勢にまわった。ある者は伊賀者の攻撃を避けるために壁際に走り、ある者は忍刀で股間を刺され、絶叫をあげながらうずくまる。

あえなく、三方包囲陣はくずれた。

すかさず、弥次郎が玄関先から飛び出し、佐戸倉の前に立ちふさがった。清丸も、浪人のひとりに斬りかかる。

剣戟の響きや断末魔の絶叫が闇を裂き、屋敷内は凄絶《せいぜつ》な戦闘の場と化した。

6

唐十郎は蔵永に対峙《たいじ》していた。

「小宮山流居合、狩谷唐十郎、参る」

遠間《とおま》のまま、居合腰に沈め祐広に手をそえた。

「蔵永民部、大嶋流の槍、うけてみるか」

蔵永は槍を中段に構え腰をわずかに落とすと、二度、三度としごくように柄を前後させてから、ぴたりと穂先を唐十郎の胸につけた。

大嶋流でいう水流の構えである。

唐十郎は鬼哭の剣で応ずるつもりだった。この技は片手斬りであるうえに、抜刀と同時に大きく前に跳ぶため、遠間から仕掛けられる。

だが、中段に構えられた槍の間では遠すぎる。抜きつけの一刀は、いかに大きく踏み込もうと、蔵永の首筋まではとどかない。

（初太刀《しょだち》は、捨てねばなるまい）

抜きつけの一刀で穂先を弾き、一気に斬撃の間まで身を寄せられるかどうかが、勝負の分かれ目だった。

唐十郎の目は穂先と敵の肩口をとらえていた。蔵永の突きの起こりを読むためである。

唐十郎の胸につけられた槍は微動だにしなかったが、ジリジリと穂先が迫ってくるような威圧感があった。厚い壁がそのまま押してくるような気魄《きはく》だった。

唐十郎は全身に剣気をこめて、蔵永の気魄に挑んだ。

両者の動きはとまった。

数瞬、気の攻防がつづいたが、首筋を掃くような冷風が流れたとき、蔵永の肩先がピクッとわずかに動き、トオッ！　という裂帛《れっぱく》の気合とともに、稲妻のように槍がくり出された。

刹那、抜刀と同時に唐十郎の体が前に跳んだ。

カッ、という短い金属音とともに槍の柄が流れ、唐十郎が斬撃の間に身を寄せたが、二の太刀は揮《ふる》えなかった。

蔵永が槍を引きながら、唐十郎の頭部を狙って払うように振ったのだ。しかも、わずかに右足を引いただけで、上体を反らし突きの間合をとった。

一瞬、唐十郎は背後に撥《は》ね跳んで、蔵永の突きを避けた。

（迅《はや》い！）

蔵永の引きは、驚くほど迅かった。

槍は突くより引きが難しいといわれるが、蔵永は巨軀にもかかわらず、素早く引いて唐十郎に二の太刀を揮わせなかったのだ。

「居合が抜いたか、勝負あったな」

蔵永の口元に不敵な嗤いが浮いた。

抜刀してしまえば、居合の威力は半減される、と蔵永は読んだのだ。

唐十郎は低い下段に構えていた。

（槍を斬る……）

唐十郎は身を寄せずに、槍の柄を斬り落とすよりほかに勝ち目はないと直感した。

下段の構えの唐十郎をあなどったのか、蔵永は胸先に穂先をむけると、無造作に突いてきた。そのわずかな油断が、唐十郎につけいる隙をあたえた。

ヤァッ！

抜刀の呼吸で、唐十郎は祐広を下段から斬りあげた。腋から肩口まで斬りあげる据《す》え物斬《ものぎ》り、逆袈裟《ぎやくげさ》の刀法である。

ガッ、と音がし、千段巻《せんだんまき》から先が虚空に撥ね飛んだ。

一瞬、蔵永は両眼を瞠《みひら》き、穂先のない槍の柄を握ったまま動きをとめた。己の槍の柄が、まるで、草の茎でも切るように截断《せつだん》されたことに驚愕したのだ。

その一瞬の間を、唐十郎は逃さなかった。

間髪《かんはつ》をいれず、跳躍しながら蔵永の首筋を切っ先で撥ねた。

ビュッ、と黒い棒のように血が噴き出した。

蔵永は両眼をカッと瞠き、仁王のように口をひき結んで、突っ立っていた。

反転した唐十郎は、切っ先を蔵永の背中につけて残心《ざんしん》の構えをとると、フッ、とひとつ息を吐いた。

その白皙《はくせき》にかすかに朱が差し、顔容《かんばせ》から拭いとったように悽愴さがうすれた。

蔵永は突っ立ったまま、びゅう、びゅうと血を噴きあげていたが、突如、獣の咆哮《ほうこう》のような呻き声をあげ、

「き、清丸どの、われらとともに………」

と絞りだすように叫ぶと、そのまま朽木《くちぎ》のようにドウと倒れた。

「………」

唐十郎は残心の構えから、切っ先を落とした。

「おみごとで、ございます」

弥次郎がそばに走ってきた。

すでに、佐戸倉は討ちとったらしく、襷で袖を絞った小袖が返り血に染まっている。清丸と咲の姿もあった。どうやら、無事だったらしい。

見ると、玄関先や表門につづく長屋の周辺に、何人もの浪人が転がっていた。まだ、生きている者もいて、地を這う音や呻き声が聞こえてきた。

「相良たちは、どうした」

唐十郎が咲に訊いた。

「お頭たちは、逃れた三人を尾行しております」

咲によると、敵《かな》わぬとみて潜戸から逃れたのは、片腕を失った浅岡とふたりの浪人だという。

相良の見込みどおり、ことは運んでいるようだ。

7

火鉢《ひばち》のなかの熾火《おきび》が、かざした指先を赭《あか》く染めている。

吉兵衛はおたまの運んできた火鉢に手をかざしたまま、動こうとしなかった。

すでに、暮れ六ツ（午後六時）は過ぎている。行灯《あんどん》に火をいれない部屋の闇は深く、熾火だけが、濃い闇を抉るように赭々《あかあか》と燃えていた。

「あら、やだ。真っ暗じゃない……」

酒を持って入ってきたおたまが、慌てて行灯に火をいれた。

部屋が明るくなると、乱れたままの夜具や色褪《いろあ》せた枕屏風《まくらびょうぶ》などが陰湿な姿をあらわす。

「おたま、その顔はどうした」

見ると、行灯に照らされた顔の白粉《おしろい》がいつもより濃く、左目のまわりが蒼《あお》く痣《あざ》になって腫《は》れている。

「お、お峰に、殴られたのさ……」

おたまは、急に眉根を寄せて顔を歪めた。

お峰というのは、鶴乃屋では古株の大年増《おおどしま》の酌婦だった。そのお峰に、店にも出ず生意気だと罵《のの》しられ、持っていた燗鍋《かんなべ》で殴られた、とべそをかいた。

燗鍋というのは、酒を入れて火にかけ、燗をする鍋で、その酒を徳利や銚子に移して客に運ぶのである。

このところ、おたまと店の酌婦たちとの間がしっくりいってないことは吉兵衛も知っていた。

おたまだけ、店にも出ないし、二階に男を誘って体を売ることもしなかったので、女たちはおもしろくないらしい。

むろん、おたまは、主人の指示で吉兵衛の世話を焼いているのだが、昼間から好きな男と酒を飲み、店の手伝いもしないで済むおたまの厚遇が、癪《しやく》に障《さわ》るのだろう。

「どれ、見せてみろ」

吉兵衛は、おたまの顎に手をやり、顔を引き寄せるようにして見た。

た。

「痛いよ……」

おたまは顔を歪めた。左目が糸のように細くなっていた。白粉を厚く塗って隠そうとしたらしいが、蒼く膨《ふく》れた瞼《まぶた》は隠しようもなかった。

ただ、上瞼に燗鍋の角でも当たったらしい疵《きず》があったが、目に異常はないようだった。

「四、五日すれば腫れは引くが……。これでは、しばらく人前に出られぬなあ」

「ねえ、こんな顔になっちまったんで、あたいのこと、嫌いになったんじゃないのかい」

おたまは、上目遣いに恨めしそうな顔をした。

「そんなことはない」

吉兵衛は、このところおたまの豊かな肉置《ししおき》に愛着を感ずるようになっていた。馴染んだからなのか、おたまのおっとりした性格に感化したせいなのか、情交《まぐわい》の悦びに浸りながら、白い餅肌を愛撫することができるのだ。

「ねえ、あたしにも、一杯飲ませておくれよ」

おたまは、吉兵衛の手から杯をとって、手酌でつぐと、つづけざまに三杯、呷《あお》るように飲んだ。

「こい、抱いてやる」

吉兵衛はおたまの手から、杯を取ると、手首をつかんでグイと引き寄せた。

「か、刀はいいのかい」

おたまが壁に立て掛けてある吉兵衛の刀に目をやった。

「血を見ずとも、できそうだ」

そういうと、肩口にしなだれかかってきたおたまの襟元から手を入れ、荒々しく乳房をつかんだ。

弾力のある乳房、柔らかい肌、女の匂い……。それを求める腹の底から衝《つ》きあげてくるような荒々しい情欲があった。その雄《おす》の滾《たぎ》りが、血に酔うような陰惨な欲望をどこかに押しやり、本来の雄雌の情交にたちもどったような気にさせた。

「まっておくれよ」

おたまは、ついと立ちあがると、いそいそと部屋の隅に折り畳んであった夜具を広げ、急いで帯を解くと、肌襦袢《はだじゅばん》姿になって吉兵衛に身を寄せた。

精を放出し終えた後も、おたまは吉兵衛から離れなかった。

裸体の上に襦袢をかけただけで、仰臥《ぎょうが》した吉兵衛の肩口に鼻先をつけ、しがみつくような格好をしていた。

「どうした」

天井に目をやったまま、吉兵衛が訊いた。

「あ、あたし、怖いんだ……」

「お峰たちがか」

「それもあるけど、あんたがいなくなった後……」

「折檻《せっかん》でも受けるのか」

「そうじゃないけど。……あたし、もう、ひとりになりたくない」

おたまはしがみつくように、吉兵衛の腕をつかみ洟《はなみず》をすすりあげた。

子供のようだった。吉兵衛とふたりの夫婦のまねごとのような生活が、娘のころ描いた夢でも思い出させたのかもしれない。十二歳のときに上州高崎《じょうしゅうたかさき》から売られてきたというが、苦界の底でひとり生きてきた寂しさが、あらためて身に沁《し》みるのであろう。

「………」

吉兵衛も、ここに居るのも長くはないと感じていた。

狩谷という試刀家を斬れば、仙造からの依頼もなくなるのではないかと思っていた。そうしたら、江戸を離れ大坂にでもいってみるつもりでいた。

「あんたが居なくなったら、あたし、またひとりになっちまう」

「……いくらだ」

吉兵衛が、おたまの方に顔をひねって訊いた。

「まさか、あんた……」

おたまが、ハッとしたように顔を起こした。

「身請《みう》けしてもいい」

「う、うれしいけど……」

おたまは目を瞠《みひら》き顔いっぱいに喜色を浮かべたが、それも一瞬ですぐに陽が厚い雲に隠れるように表情が翳った。

「だって、五十だよ……」

吉兵衛のような浪人に、五十両の大金が工面できるはずはない、と思ったようだ。

「なんとかなるかもしれぬ」

仙造から手にした金が、まだ、三十両ほど残っていた。

狩谷唐十郎の殺しを二十両で受けていたが、あの男、二十両では安すぎる、という気がしていた。狩谷の門弟らしい本間という男も始末することを条件に、あと三十両ぐらいふっかけてみるつもりでいた。

そうすれば、五十両の身代金《みのしろきん》を払っても、三十両残る。おたまとふたりで上方へでもいき、一、二年暮らすこともできるだろう。

「うれしい！」

おたまは吉兵衛の話を聞くと、飛び付くように抱きつき額を頬に擦りつけた。

（それには、まず、狩谷を斬らねばならぬな）

吉兵衛はおたまを抱きながら、壁に立て掛けてある京女鬼丸に目をやった。

第五章 化《け》身《しん》

1

その夜、安藤右京亮は動かなかった。

緑町の空屋敷から逃れた浅岡とふたりの浪人は、相良たちに尾行されているとも知らず、日本橋浜町の安藤邸にもどったが、屋敷内に格別の変化は起こらなかった。安藤の外出する様子もなかったし、家臣が使いに走るようなこともなかった。

「お頭、動きがありませぬが」

相良と同行した盛川が、表門の見える道端の老松の樹陰から、ちかくの叢《くさむら》に潜《ひそ》んでいる相良にだけ聞こえるほどの声でいった。

「いや、そのうち動く。……安藤は尻に火がついたことを承知しているはず、じっとしては、おられまいよ」

相良は昨日のうちに、安藤家の中間《ちゆうげん》や出入りしている御用商人の耳に、屋敷内に匿《かくま》っている浪人は大塩救民党の残党らしい、という噂を流していた。

当然、安藤の耳にもとどいているはずである。そこにきて、蔵永たちが伊賀者に討たれ三人の浪人だけが逃げ帰ったとなれば、向後の策を講じるために、首謀者と会わないわけにはいかないはずだ。

　相良の読みどおり、安藤家に動きが見られたのは翌日の夕刻だった。

　安藤が人目を避けるように表門の潜戸《くぐりど》から姿をあらわし、前後についた家士らしい三人の男に守られながら、急ぎ足で八丁堀方面にむかった。

　相良と盛川は安藤の後を尾けた。すでに町は暮色につつまれ、家士のかざす薄赤い提灯《ちょうちん》の火が尾行の目印になった。

　南北奉行所の同心、与力などの住居である組屋敷の並ぶ通りをぬけ、大川の河口にあたる船松町《ふなまつちょう》にはいった。この辺りは鉄砲洲《てっぽうず》と呼ばれるところで、目の前が佃島《つくだじま》である。

　川端から離れ、大名屋敷や武家屋敷に連なる通りに出てしばらく行くと、安藤と家士は、長屋門の重厚な門扉の前に立ったが、門番に取り次いで請じ入れられたらしく、すぐに潜戸から中に消えた。

「やはり、ここか……」

　綾部との話に出た腰物奉行、小出外記の屋敷である。

　小出は、土井派の要人として知られた旗本だが、政権が阿部に移ってから疎《うと》んじられているひとりでもある。小出なれば反阿部派の幕閣に働きかけることもできるし、土井の再登場によって己《おのれ》の昇進も期待できることから、事件の黒幕としてうなずける人物である。

「盛川、門から出ていく者があれば、後を尾けろ」

「お頭は」

「屋敷内の様子を探る」

そういうと、相良は長屋を避け、裏手にまわって土塀から邸内に侵入した。

表門につづいて家臣の住む長屋があり、主人の居住する屋敷との間にひろい庭園があった。相良は、庭園の植え込みに身を潜めて屋敷の様子をうかがった。

「あそこか」

庭園の泉水を正面から眺められる座敷が明るかった。他にもいくつか、灯明《とうみよう》の洩《も》れている場所があったが、台所や廊下の掛行灯《かけあんどん》のようだった。

近付くと、障子に人影があった。

何人かの男が密談しているらしく、かすかにくぐもった声が聞こえてきたが、話の中味までは聞きとれない。

相良は床下にもぐった。

すぐに、小出らしい老齢な嗄《しわが》れ声が聞こえてきた。

……安藤、尾《つ》けられるようなことはなかったろうな。

小出は不機嫌そうにいった。

……そ、それはもう、じゅうぶん用心いたしましたゆえ。……こ、小出様、このままでは、われらの計画も露見するのではないかと。

切羽詰まったような安藤の声が聞こえた。

……慌てるでない。……我らとつなぐ、証拠は何もあるまい。

……で、ですが、蔵永たちは討ちとられたようですし、大塩の残党との噂も流れているようでございます。

……そろそろ、潮時のようじゃな。妖怪が、大坂と江戸で大塩の残党に乱を起こさせ、幕政に揺さぶりをかけると嘯《うそぶ》いておったが、その計画は頓挫《とんざ》したようじゃのう。

……まァ、あやつも、本気で乱を起こさせる気などなかったろうがな。

床下で聞き耳をたてていた相良は、小出の口から出た妖怪のことばに、

（やはり、鳥居だ）

と察知した。

……小出様、いかがいたしましょうや。

安藤の声は震えている。

……うろたえるでない。いざとなれば、始末すればよいではないか。……すべて、妖怪変化《へんげ》のなせることよ。そうであろう、安藤。

……御意《ぎょい》。

……安藤、われらは謀反を起こそうなどと思っておるのではないぞ。すべて、幕府の御為を思ってのことじゃ。……水野様の改革が失敗し、阿部様が御老中首座となられて幕政の舵《かじ》を取られることになったのじゃが、いまだ、諸色《しょしき》の高騰《こうとう》は収まらず、夷《い》狄《てき》を討ち払うこともできず、右往左往するばかりで幕府の威信は失墜したままじゃ。……阿部の舵取りは、荒海に乗り出した小舟のごとくこころもとない。この未曾有《みぞう》の難局にたいし、土井様に再出馬していただきたいと、密かに願っている者も多いはずじゃ。すでに、われらの意を汲《く》んで、幕閣に働きかけておられる方もいる。……われらが、ふたたび幕閣の中枢で腕を揮《ふる》うも夢ではないのだぞ。だが、御老中を動かすには、まだまだ金がいる。

……承知しております。軍資金も、まだ存分に。

……安藤、懸念には及ばぬ。これからじゃ。……だが、阿部の懐《ふところがたな》刀として動いておる綾部には油断するな。どのような事態になろうとも、綾部に証拠をつかまれてはならぬ。……そこでじゃ。

小出の声が急にちいさくなり、近《ち》こう寄れ、という声がかすかに聞こえた。

……はッ。

すぐに、膝行《しっこう》するらしい衣擦《きぬず》れの音がした。

どうやら、耳打ちでもしているらしい。相良は耳を澄ませたが、次にふたりの話し声が聞こえてきたのは、安藤の辞去の挨拶とそれに応ずる小出の声だけだった。

一時《いっとき》間を置いて、相良は床下から這いだし表門の前で見張っている盛川に近寄った。

「小出の家臣は、動かなかったか」

「はい、先ほど、安藤が出ていっただけです」

「うむ……。盛川、このまま、屋敷に出入りする者を探ってくれ」

相良はそういい置いて、その場を離れた。

まだ、大塩救民党を操っていた鳥居の潜伏先もつかんでいなかった。加えて、相良は小出が安藤に耳打ちした話の内容が気になっていた。

(小出は、何か仕掛けるつもりだ)

相良はそう感じたのである。

翌日の午後、小出と安藤の密談内容と思われる一端が知れた。

安藤の身辺を張っていた伊賀者のひとりが、永代橋の近くの舫杭《もやいぐい》に武士の屍体が引っかかっており、町方が付近を捜索すると、他にふたりの武士の屍体が大川の川岸で発見された、と報《し》らせてきたのだ。

「ひとりは、右腕がなかったとのことでございます」

「逃れた三人だな」

相良は小出の指示で、浅岡とふたりの浪人が殺されたことを知った。安藤邸に出入りしていた浪人たちを始末して、一味とのつながりを断ったのである。

「町方は、どうみておる」

「はい、いずれも、胴を深く斬られていることから、奉行所の同心や与力を斬殺した者と同一人ではないかと」

「恵比寿の吉兵衛か！」

相良は吉兵衛の背後に小出や安藤がいることを察知した。

その夜、相良の姿は本郷の綾部邸にあった。

「やはり、綾部様のご推察どおり、大塩救民党を指図していたのは鳥居のようでござ相良は小出と安藤の密談の様子を伝えた。

「まさに、妖怪《ばけもの》じゃな」

「ですが、今も鳥居は讃岐に幽閉されております」

「……すると、京極家でおとなしく謹慎いたしておるという鳥居が身代わりなのか、あるいは、江戸におる鳥居が、偽者か。早く捕らえて妖怪の化けの皮をひん剝《む》いてやらねばならぬのう」

「仰せのとおりで……」

「それで、外記の動きはどうじゃ」

「はい。表だった動きはございませんが、阿部様の失脚を謀《はか》り、幕閣に働きかけているようでございます」

「うむ……。睨《にら》んだとおりじゃな」

綾部の話によれば、ちかごろ阿部正弘の政策が幕閣のあいだで思うように通らないという。

「背後に、外記の影がある」

阿部は、米価の高騰がいちじるしいため、天保の改革で解散させた株仲間を復活させて流通統制をはかろうとしたが、幕閣の一部や勘定所の役人などに猛反対されたという。さらに、相次ぐ外国船の日本近海への出没や上陸事件に対応するために、国防強化の持論を持ち出し江戸湾防備の必要性を説いたが、幕閣や海防掛から反対され、断念せざるをえなくなったとのことだ。

「だが、伊勢守（阿部）様は、水野様のように強引に政策を実行しようとはせぬ」

衆議をこらし叡智《えいち》を集める、と称し、巧《たく》みに反対派を懐柔《かいじゅう》して、幕政の舵をとっているというのだ。

「それもな、いまだに、土井様のころ要職についていた者が勢力を維持し、外記のような者の暗躍を許す土壌があるからじゃ。……相良、こたびのことはよい機会じゃ。なんとしても、外記の陰謀をあばき、一味の根を断とうぞ」

「ハッ、……綾部様」

「なんじゃ」

「懸念がございます。小出様が、このまま我らの動きを座視しているとは思えませぬ」

相良は小出が安藤に耳打ちしたことが気になっていた。空屋敷から逃れた三人を始末せよ、との指示だけだったとは思えないのだ。

「さらに、何か企んでおると申すか」

「はい、劣勢を一気に挽回するため、起死回生《きしかいせい》の一手をうってくるやもしれませぬ。くれぐれもご油断、召されぬよう」

「そちは、外記たちが、このわしを狙うとみるか」

襖の向こうで、綾部の声が大きくなった。

「なきにしもあらず、ということでございます」

緑町の空屋敷を襲ったのは、安藤家に出入りしていた浪人全員ではない。まだ、四、五人残っているはずだった。それに、恵比寿の吉兵衛と名乗る手練《てだれ》がいる。

相良は、小出たちが最後に狙うとすれば、綾部だろうと思っていた。

「まさかとは思うが、油断はすまい」

「お許しいただければ、伊賀者を身辺にはりつけましょう」

相良は、しばらく咲と盛川に綾部の身辺警護をさせようと考えていた。

「そちに任せよう」

「ハッ」

相良は足音を消して寝所の廊下から退去した。

2

庭の黒土の上に薄霜が降りていた。その黒土から縁先にかけて、刺すような朝日が樫《かし》の葉叢《はむら》を透かして黄金の光を幾筋も伸ばしている。

唐十郎はその光の筋を見ながら、吉兵衛の遣う陽炎《かげろう》の剣を脳裏に描いていた。陽炎のごとき刀身の耀映《ようえい》は、京女鬼丸の濤瀾《とうらん》乱れの刃文に月光を反射させ、微妙に揺らすことで生じさせているのではないかと思っていた。

だが、なぜ、一瞬陽炎が消え、頭上に伸びたように見えるのか、唐十郎には分からなかった。

(それが、分からぬうちは太刀筋が読めぬ)

敵の太刀筋が読めなければ、鬼哭の剣は遣えなかった。

そのとき、サクサクと音をさせて清丸が縁先《えんさき》にいる唐十郎のそばにきた。霜柱《しもばしら》が立っているらしく、黒土に下駄の歯の跡がくっきりと残る。

手に京女鬼丸を持っていた。このところ、救民党の邦之介の所持していた京女鬼丸を居合の稽古用に遣うことが多かった。

清丸は道場で朝稽古をしていたらしく、顔や首筋から白い湯気がたっている。

「先生、朝餉《あさげ》にいたしますか」

先ほど、おかねが朝餉の用意ができましたよ、と声をかけて帰っていった。おそらく、道場にいた清丸にも伝えたのだろう。

「いや、その前に、京女鬼丸を見せてくれぬか」

「これを……」

清丸は腰の刀に目をやって、怪訝《けげん》な顔をした。

唐十郎は何もいわず、清丸を朝日の当たる縁先に立たせると、

「まず、こう構えてみてくれ」

そういって、祐広《すけひろ》を抜いて体中剣に構えた。

清丸は京女鬼丸を抜くと、唐十郎と同じように構えた。瞬間、朝日を反射《はね》た刀身が、目を射るように光る。

「そのまま、面を打つと見せて、胴に斬りこんでみてくれ」

唐十郎は、少し間合を置いて正面に対峙していた。

「打ちこむためには、刃を返さねばなりませんが」

清丸は構えたまま訊いた。

体中剣は、右手で突き出すように構え、敵に対し刃先を横にし刀の身幅を見せる。刀身を盾《たて》のようにして、弓や手裏剣などの飛び道具に対処するための防御の構えである。したがって、そのまま斬りこむことはできない。

「返して、斬りこめ」

「………………」

いわれるままに、清丸は刃先を返し両手で持ち直した。

ハッと、唐十郎は目を瞠《みひら》いた。

一瞬、京女鬼丸が放っていた光芒がかき消え、一本の黒い線になったのである。

だが、当然のことだった。刀身を返せば光の反射が消え、刃先を正面から見れば刀身は一本の線のように見えるのである。

(光の消えたのは、これか!)

唐十郎は、吉兵衛が斬りこむために刀身を返したからだと気付いた。だが、あの神業とも思える胴への迅い斬りこみの太刀筋は分からなかった。

光芒が消えたことで、かえってはっきりと面に打つと見せて胴へ斬りこんでくる清丸の姿が見定められたからだ。

「もう一度、やってみてくれ」

唐十郎は清丸の動きを凝視したが、吉兵衛に似た太刀筋は生まれなかった。何度か同じように清丸に打ちこませてみたが、面から胴への変化ははっきりと見定められた。

唐十郎が刀を納めるようにいったとき、

「先生、吉兵衛と申す刺客《しかく》の遣う京女鬼丸には欠点がございます」

と清丸がいいだした。

「欠点とは」

「簡単に折れるのです」

「承知しておる」

そのことは、綾部屋敷で試刀した折りに気付いていた。

「いえ、ただ折れやすいというのではございませぬ。……まず、その目で御覧いただければ、なにゆえ、師がすべての京女鬼丸を処分するよう命じられたか、ご納得いただけましょう」

清丸はそういうと、京女鬼丸の峰を上にし、

「先生の祐広の峰で、切っ先より一尺ほどのところを、お打ちください」

といって、唐十郎の前に水平に差し出した。

唐十郎はいわれるままに、祐広を峰に返すと、短い気合を発して打ち下ろした。

アッ、という声が、唐十郎の口から洩れた。

簡単に、折れたのである。

「この刀、峰からの打撃に弱いのです。それも、ぽろりと……。反《そ》りの強い部分がとくに」

京女鬼丸の刀身の反りは、先反りである。

先反りとは、刀身全体に反りがあるがとくに中ほどより先の反りが強い。唐十郎が打ったのは、その反りが最も強い部分だった。

「それにしても、あまりに脆《もろ》い……」

「はい、後に判明したことでございますが、鍛えの際の鋼《はがね》の切り込みと反りの部位が合ってしまったのではないかと」

清丸の説明によると、京女鬼丸は十文字鍛《じゅうもんじきた》えという手法でおもに鋼を鍛えてあるという。十文字鍛えは、赤熱し打ち延ばした鋼に十文字に切り込みを入れ、折り返して鍛練を繰り返す方法である。

おそらく、反りの最も強い部分に、折り返し際の切り込みの部位が重なり、しかも濤瀾《とうらん》乱れと呼ばれる派手な刃文であることも加わり相乗的に折れやすくなったものであろう。

「京でならず者に斬られた武士は、このため、後《おく》れをとったのではないかと……」

清丸はその顔に苦渋の色を浮かべた。

「うむ……」

唐十郎は足元に落ちた折れた刀身に目を落とした。

朝の陽光を反射し、一条の黄金の光が唐十郎の腹部に伸びていた。それは、腹部を抉る刀身の鋭い一閃のような光だった。

(この光を斬れば……)

陽炎の剣を破れるかもしれぬ、と唐十郎は思った。

3

薄暗い店のなかで、売女《おんな》たちの白い首が浮きあがったように見えた。首に白粉《おしろい》を塗りたくった売女たちは、飯台《はんだい》で酒を飲む客の酌《しゃく》をしたり、脇にすり寄ってこれみよがしに胸元をはだけたりしている。

浅草花川戸町の鶴乃屋。客筋は日銭をつかんだ棒手振《ぼてふ》りやちかくの船頭がほとんどである。

奥座敷の行灯《あんどん》や店の隅の燭台のぼんやりとした赤い灯に、男と女が浮かびあがり、うごめいている。店のなかは薄暗く猥雑で、女の嬌声《きようせい》や男の下卑《げび》た嗤《わら》い声が闇からわき出すように聞こえてきていた。

貉《むじな》の弐平は店の隅の飯台に腰を落とし、酒を飲んでいた。

夜鼠《よねずみ》の仙造を尾け、たびたびこの店に足を運んでいるのをつかんで、客を装ってここ三日ばかり通っていたのである。

その仙造が、ひょっこり店に姿を見せ、二階に上がったまましばらく降りてこなかった。

「お峰、さっきの大工な、二階に上がったまましゃァねえかい」

ここ二日ばかり、名指しで呼んでいたお峰に訊いた。

「フウッ、フフ……、二階には極楽があんのさ」

お峰は、乳房がこぼれるほど胸元をひろげて、肩先の股間に蜘蛛《くも》のように指先を伸ばしてきた。大年増《おおどしま》らしく、細く乾いた指だった。

「極楽のことは知ってらァ。だがな、あいつァ、ひとりで上がっていったぜ」

弐平はお峰の指をつかむと、肩先を寄せ焦らすようにその甲を撫《な》ぜた。お峰の胸元で、酒と汗の臭いがした。

「フン、あいつの相手は二本差しさ」

急にお峰が顔を歪《ゆが》めて不満そうな表情を浮かべた。

どうやら、仙造のことをこころよく思っていないようだ。

「へえ、あの歳で、陰間《かげま》かい」

おそらく、相手は吉兵衛だと思ったが、弐平はそらっとぼけた。

陰間というのは、男色を売った少年のことで、仙造のような中年男が相手になるはずはないのだ。

「い、いやだね、この人は……。気色悪い、もう、四十を過ぎてるよ。……それよりさ、ねえ、いいだろう」

お峰は、また、指先を這わせて股間に伸ばしてきた。

「お峰、この店は二本差しを飼ってるのかい」

弐平はお峰の手をつかんで腹の方にまわし、抱きかかえるようにしてその耳元で呟いた。

とても、この大年増を抱く気にはなれなかったが、邪険にもできなかった。もう少し訊き出したいことがあったのだ。

「そうさ、飼ってるのさ。……御利益《ごりやく》があんだから」

お峰の口元に揶揄《やゆ》するような嗤いが浮いた。

「御利益だと」

「恵比寿様《えびつさま》だよ。おたまなんか、お陰で、毎晩酒飲んでしっぽりさ」

お峰は腹立たしげにいうと、弐平から身を離して、ぐいぐいと酒を呷った。白粉を厚く塗った首筋が水を呑む鶏のようにコクコクと動き、一気に飲み干すとフゥーと熱い息を吐いた。

「…………」

思ったとおり、二階に匿われているのは吉兵衛のようだ。

「おたまというのは、この店の女《こ》かい」

弐平が訊いた。

「そうさ、あたいたちと同じ売女《ばいた》のくせして、御新造《ごしんぞ》気取りさ。……ねえ、二階でさ、飲みなおそうよ。たっぷり楽しませてやるからさ」

おたまというのは、吉兵衛の世話をしている女らしい。

焦れたように、お峰が弐平の腕をとって立ちかけたとき、階段を降りてくる仙造の姿が目にはいった。店のなかは薄暗く、隅にいる弐平が見咎《みとが》められるおそれはなかったが、お峰とやりあって仙造の目を惹《ひ》きたくはなかった。

「二階へいくのは、こいつで、熱いのをもう一杯飲んでからだ」

といって、お峰の手に小粒銀を握らせた。

お峰がはだけた襟元を直しながら調理場へ行くのと、すれ違うように、仙造は薄暗い店内をスッと横切り、そのまま通りへ出ていった。

その後ろ姿を見送って、弐平はすぐに立ちあがった。

「急用を思いだしちまったんで、これで、帰る。お峰に詫びといてくんな」

そういって店の者に勘定を払うと、弐平は表に飛び出した。

一町ほど先に、背を丸めて急ぎ足でいく仙造の姿が見えた。

露地から大川端の通りに出ると、材木町の方に歩いていく。

弐平は仙造の後を尾けた。

材木町から浅草御蔵の前を通り、茅町《かやちょう》にはいると左手に折れて大川端にある小料理屋にはいった。

福乃屋という小体《こてい》だが、二階の軒下に雪洞《ぼんぼり》をさげた華やいだ感じのする店だった。

玄関先には細かい玉砂利が敷いてあり箒《ほうき》の跡が残っていた。客筋がいいのだろう、店の中から女の声や三味線の音などがしたが、下卑た男の声は聞こえてこなかった。

暫時《ざんじ》おいて、弐平は暖簾をくぐった。

「ごめんよ」

店内は飯台などはなく、客はすべて座敷に通されるらしく、弐平の姿を見て帳場から女中がとんできた。

「お客さん、おひとりですか」

女中は怪訝な顔をした。

弐平のような町人がひとりで来るのはめずらしいのだろう。頰のふっくらした、まだ十七、八と思われる女中は、胡乱《うろん》な目で弐平を見た。

「さっき来た大工の連れよ」

仙造は大工の身形《なり》をしていたが、仙造の名を名乗っているとは思えなかった。

「ああ、仙吉《せんきち》さんの」

「そうだ、仙吉の連れだ」

どうやら、仙造は仙吉という偽名で店に来ているらしい。

「もしかして、あんたも、岡っ……」

女中は慌てていいかけた言葉を呑んだ。どうやら、岡っ引きといいかけたようだ。

「そうだよ、姐《ねえ》さん、実はな……」

これよ、といって、弐平は懐に隠していた十手の握りを、そっと覗かせた。

合点したように、女中はうなずくと、

「それじゃァ、親分さんも、松井甚太夫様の下で……」

と、身を寄せて小声でいった。

「……！」

一瞬、弐平の顔がひき攣《つ》った。

松井といえば、南町奉行所の与力だ。

（そうか、松井か！）

与力の松井と仙造がつながっていたのだ。

いっぺんに弐平の疑念が晴れた。奉行所の与力や同心が次々に殺され、下手人が分かっていながら捕らえられなかったこと、浅草山谷町の源光寺で一味の隠れ家をつきとめながらまんまと逃げられたこと、与力の松井が絡んでいるとなれば、すべてが納得できる。

（いまだに、南町奉行所《みなみまち》にゃァ、妖怪の息がかかってるようだぜ）

鳥居の南町奉行在職当時、松井は鳥居派だった。

水野や鳥居の失脚後は、掌《てのひら》を返したように鳥居批判に加わっていたが、裏では、いまだに鳥居の腰巾着だった仙造とつながっていて、反鳥居派だった与力や同心の抹殺に手を貸しているのだろう。

「親分さん、ご案内します」

立ったままの弐平に、女中が背をむけて歩きかけた。

「ま、待ってくれ。……そいつが、ちょいと、まずいんだ」

弐平が慌てていうと、女中は立ちどまった。

「まずいって」

「そうよ、仙吉はともかく、松井の旦那に合わせる顔がねえんだ。……どじ踏んじまってよ。分かるだろう、姐《ねえ》さん」

弐平はすかさず懐から小粒銀をとりだして、女中の掌に握らせた。

「分かるけど……」

「松井の旦那に酒のまわったころをみはからって、おれの方から顔を出す。それまで、おれが来たこたァ、伏せといちゃァもらえねえかな」

「いいわよ」

「おお、そうだ。旦那の隣りの部屋は空いてねえかい。隣りで様子をうかがい、頃合を見て旦那にご挨拶申しあげよう。……そうだ、それがいい」

弐平は奮発して、もうひとつ小粒銀を女中に握らせた。

「空いてるわよ。あたしが案内する」

　女中は先に立って歩き出した。

「頼んだぜ、姐さん。上のふたりにゃァ内緒だ」

「分かってる。……あたしが、見てくるからここにいて」

　女中はすっかりその気になって、弐平の耳元に口を寄せて小声でいうと、足音を忍ばせて二階へ上がっていった。

　弐平は襖に身を寄せて聞き耳をたてた。

　部屋にいるのは松井と仙造のふたりだけだった。小声で話しているらしく、くぐもったような声が断片的に聞こえてきた。

「……仙造、三日後だ。……店を出るのは、四ツ（午後十時）ごろだな。密会ゆえ、共の者は少ないはずだ。

　松井の声が聞こえた。

「……四ツでございますね。

　訊き返したのは、仙造である。

「……そうだ。そっちは、何を使う。

「……へい、今回も猪牙《ちょき》舟を。

から聞いていた。

「……松井様、奉行所の方の動きはでえじょうぶでしょうか」

「……クッ、クク……。安心いたせ。その夜はな、川向こうの本所の枡屋《ますや》に押し込みがはいる、との投げ文があってな。そっちに、出かけることになっておる。

枡屋というのは、大店の米問屋である。弐平は、投げ文があったことは同心の村瀬から聞いていた。

「……それも、旦那のご手配で」

「……莫迦《ばか》を申せ。刺客集団が奉行所の目をそらすために、偽《にせ》の投げ文をいたしたのだ。そういうことになっておるのよ」

「……なるほど、さすが、松井様。すべて抜かりはないようで」

「……おれの方より、そっちだ。よもや、討ち洩らすようなことはあるまいな」

「……へい、今回は、吉兵衛様をはじめ大塩の残党六名、全員で襲いやす。御前様も、今度の始末がうまくいけば、あっしらの道もかならず開けるだろうと仰せられておりやした。それに、これを、松井様にお渡ししろ、と」

膝行《しっこう》するらしい畳の音がし、

「……クッ、クク……。地獄の沙汰《さた》も金次第、お上の沙汰も金次第よ。そうであろう、仙造。今宵は、前祝いだ。肴と女を頼んでこい。

……へい。

すぐに、障子を開ける音がし、廊下を歩く足音が聞こえた。

どうやら、松井は御前様と呼ばれる大塩救民党の首領から金も得ているようだ。

ふたたび、廊下を歩く足音がし、障子を開けて仙造が隣りの座敷へはいったところで、弐平は部屋を出た。

長居は危険だったし、ふたりの密談は終わったと判断したからだ。

4

「やはり、南町奉行所内に内通者がおりましたか」

相良は腕を組んだまま、視線を落とした。

めずらしく、相良は小袖の着流しで濃紺の足袋を穿《は》いていた。御家人として自邸内でくつろぐときの格好である。

唐十郎は対座したまま、膝先の茶碗に手を伸ばし相良が口を開くのを待った。

弐平から唐十郎が話を聞いたのは、仙造と松井の密会の様子をさぐった翌朝だった。野晒の旦那、情けねえったらねえや。岡っ引きが、奉行所に告げられねえんだから……、そうぼやきながら、弐平は聞き込んだ一部始終を唐十郎に伝えたのだ。

話を聞いた唐十郎は、すぐに緑町の空屋敷に足を運び相良と会った。

「……それで、襲うのは明後日ということですな」

相良は、視線をあげて訊いた。

「弐平の話だと、大物を襲撃するつもりのようだ」

「時刻は四ツ」

「そうらしい」

「それなれば、こちらに心当たりがございます」

相良の話だと、狙っているのは綾部だろう、ということだった。

明後日、綾部は米沢町の薬研堀《やげんぼり》ちかくにある料亭三笠屋《みかさや》で、勘定吟味役《かんじようぎんみやく》の者と会うことになっているという。この勘定吟味役の者は阿部派の旗本で、綾部の手足となって動いているひとりのようだ。

事情を話し終えたとき、相良の口元に微笑が浮いたが、唐十郎にも気付かせぬほどかすかなものだった。

「どうするつもりだ」

唐十郎が訊いた。

「浪人たちを始末するよい機会でございます。それに、綾部様の暗殺は、敵側にとっては最後の大きな賭けでもございましょう。……あるいは、闇の巣穴から妖怪《ばけもの》が飛び出してくるかもしれませぬ」

「鳥居か」

「はい、……用心せねばならぬのは、青木吉兵衛でございます」

「あやつは、おれが斬る」

吉兵衛の帯刀している京女鬼丸を奪うのが、自分の仕事だと唐十郎は思っていた。

「ならば、明後日六ツ（午後六時）、当屋敷へ。本間様も、ご同行くださるようお手配いただきたいのですが……」

「承知した」

唐十郎も弥次郎の手を借りるつもりでいた。

相良は、敵が警戒して襲撃をとりやめぬよう、四ツまでは伊賀者の手で敵の動きを探りたい、といって腰をあげた。

その日、底冷えのする曇天だった。午後から身を切るような寒風も吹き出し、風に混じってチラチラと風花《かざはな》が舞い出した。

六ツ前に唐十郎と弥次郎、それに清丸の三人が、そろって緑町の空屋敷に着いたが、屋敷内はひっそりとして、咲の姿しかなかった。

相良たちは敵の動きを探るために、屋敷を出ているという。

咲はすぐに三人を招じ入れ、

「体を冷やさぬよう、暖をおとりください」

そういって、赭々《あかあか》と炭の熾《おこ》った火鉢のそばに案内した。

居合にとって体の凍《こご》えは、大敵だった。瞬発力をそぐだけでなく、体の柔軟さを奪われ切っ先がじゅうぶん伸びないこともある。

唐十郎は足袋を穿き、濡らした和紙を挟みこんださらしを腹部に巻いてきていた。濡れた和紙は簡単には斬れない。吉兵衛の胴斬りに備えるためである。

「出立《しゅったつ》するまでに、笠《かさ》と蓑《みの》を用意いたしましょう」

咲がいった。

雪雨《せつう》を防ぐためでなく、防寒のためである。

「雨よりいい……」

火鉢に指先を伸ばしながら、弥次郎がいった。

弥次郎も重装備で、黒の胴衣《どうい》の下に鎖帷子《くさりかたびら》を着込んでいる。弥次郎のいうとおり、雨で着物が濡れると、体が冷えるだけでなく肌に張りついて動きも鈍くなるのだ。

「それに、この雲行きだと、陽炎の剣は遣えぬかもしれませぬ」

弥次郎にも、吉兵衛の遣う陽炎の剣のことは話してあった。月明かりのない夜闇のなかでは、いかに京女鬼丸でも光を反射《はね》ることはできないだろうというのだ。

「そうかな……」

吉兵衛ほどの者が、暗闇のなかで対戦する不利に気付かぬはずはなかった。唐十郎は何らかの手を打ってくるだろうという気がしていた。


相良が空屋敷に姿を見せたのは、五ツ（午後八時）を過ぎてからだった。

「予定どおり、綾部様は三笠屋にはいりました。敵に不審をいだかせぬよう、普段どおり、六尺《ろくしゃく》（駕籠かき）と共の者三名にございます」

「敵の動きはどうだ」

「追って、報らせがまいりましょう」

敵の移動を猪牙舟と読んで、三笠屋近辺の川筋に手の者を潜ませてあるという。

相良の話どおり、間をおかずに、盛川が報らせにきた。

「三艘の猪牙舟できた浪人たちは、元柳橋の川岸から、陸《おか》へあがりました」

「人数は」

「六人」

「付近の様子はどうだ」

「はい、五ツをまわった頃から人通りはとだえました」

この頃の両国広小路は、軽業《かるわざ》や芝居《しばい》などの見世物小屋《みせものごや》が建ちならび、たいへんな賑わいを見せていた。薬研堀付近は広小路からは離れるが、それでも人通りは多い。ところが、風花の舞う寒風が吹き荒れているせいで、五ツを過ぎた頃から人通りはとだえ、小屋も灯を消し出入り口を閉ざしてしまったという。

「両国橋詰に橋番《はしばん》小屋があったな」

「はい、橋番の爺さんひとりを残して、出払ってるようです」

「与力の松井が手をまわしたようだな」

おそらく、同心や岡っ引きは本所の方に出向いているのだろう。

「青木吉兵衛は」

唐十郎が訊いた。

「それが、六人のなかにはおりませせぬ。三笠屋の見える近くの渡し場に舟を着けたまま、陸へあがろうとしません」

「……」

盛川によれば、船頭は仙造で、舟のなかに二人いるという。

「ふたり、だと」

相良が訊き返した。

「はい、ひとりは青木吉兵衛、もうひとりは、頬隠し頭巾で顔を隠した武士でございます」

「そいつだ、妖怪は」

相良が声を大きくした。

5

びゅう、びゅうと肌を切るような寒風が吹き荒れていた。風花が、時折り怒ったように頬に吹きつけたと思うと、はたと止んで風だけになり、また、夜闇のなかを細い白糸のように流れてくる。

大川端にある三笠屋を出た綾部の駕籠は、両国広小路を通り神田川沿いを下谷方面にむかっていた。提灯を持って先導するのは綾部家の若党で、寒風にせかされるように足を速めている。

その駕籠の後を、半町ほど間をおいて六人の浪人が蓑笠に身をつつんで尾けていく。さらにその後を、唐十郎たちが夜陰に紛れて追う。

「吉兵衛の乗る舟は」

足早に歩きながら、唐十郎が相良に訊いた。

「舟のまま、先に神田川を溯《さかのぼ》っております」

「なぜ、陸にあがらぬ」

「おそらく、和泉《いずみ》橋を過ぎた辺りで、待ち伏せするつもりでございましょう」

「挟み撃ちか」

綾部の自邸は本郷にある。三笠屋を出た駕籠は、神田川沿いの道を下谷方面にむかうと読んで、吉兵衛は舟を降りず、先まわりして待ち伏せするつもりのようだ。

「すこし、間をつめましょう」

相良がいった。

辺りの闇が急に深くなった。綾部の乗る駕籠は浅草御門を過ぎ、柳原《やなぎわら》通りと呼ばれる寂しい川沿いの道にさしかかっていた。

道の片側につづく民家は雨戸を閉めきり、深い闇のなかに沈んでいる。この辺りまでくると人通りはまったくない。先導する提灯の灯《ひ》が、赤い光の尾を引きながら闇のなかにくっきりと浮かびあがっていた。

ふいに、その提灯が大きく揺れ、駕籠かきの悲鳴が夜陰を裂いた。

何者！と誰何《すいか》する叫びが聞こえ、つづいて駆け寄る大勢の足音がひびいた。そのとき、闇に投げた提灯が、ボッ、と音をたてて燃え上がったが川面に落ち、瞬時に辺りは深い闇にとざされた。

「急げ！」

唐十郎が駆け出した。

そのとき、すでに、相良たち伊賀者は蓑笠を脱ぎ捨て、忍び装束になって闇のなかを疾走していた。

「やはり、きおったか」

駕籠をとめたのは、吉兵衛だった。

周囲を六人の浪人がとりかこみ、駕籠の周囲に立ちはだかった三人の若党に切っ先をむけている。

伊賀者は周囲の闇のなかに身を潜めているらしく、姿は見せなかった。

「小宮山流居合、狩谷唐十郎参る」

いいざま、唐十郎は吉兵衛の前にたった。

弥次郎と清丸も駕籠の周囲にたち、浪人たちと対峙《たいじ》した。深い闇のなかで、黒い人影がうごめき、激しい殺気が交差した。

「この闇では、陽炎の剣は遣えまい」

唐十郎はすでに鯉口を切り、居合腰に沈めていた。

「そうかな」

吉兵衛がそういったとき、川岸の柳の陰から闇を開くように、ふいに光が当てられた。龕灯《がんどう》である。仙造と頬隠し頭巾の武士が手にした龕灯の光に、吉兵衛の姿が浮きあがった。豊頬が鬼燈《ほおずき》のように赭《あか》く照り、細い目が嗤っているように見えた。

「龕灯の光か」

「これだけ暗いと同士討ちするのでな」

スラリ、と吉兵衛は京女鬼丸を抜いた。

すかさず、そのままの間合で体中剣に構えると、その白銀のような刀身が龕灯の光を反射《はね》て鬼火のように揺らぎ出した。

そのときだった。ギャッ、という悲鳴が起こり、龕灯の光が空を飛んで消えた。同時に、駕籠をとりかこんだ浪人たちからも悲鳴や呻き声がおこった。

手裏剣である。闇に潜んでいた相良たちが放ったのだ。

つづいて、姿は見えなかったが風の音のなかで、周囲から駆け寄ってくる大勢の足音がした。伊賀者が攻撃を開始したのだ。

ヤァッ！　という気合を発して、弥次郎が抜刀した。浮き足だった浪人の横鬢《よこびん》を抜きつけの一刀が抉《えぐ》った。

闇のなかを黒い血が飛び、斬られた浪人が身をよじりながら倒れる。刀身の触れ合う音や、骨肉を断つ鈍い音がし、闇のなかで黒い人影が入り乱れた。

だが、闘いは一方的だった。浪人の腕がどれほどのものであれ、深い闇のなかで、しかも集団戦とあっては夜目の利く伊賀者の敵ではなかったのだ。

仙造と頭巾の武士の持つ龕灯を手裏剣で落としたのは、相良だった。吉兵衛の遣う陽炎の剣のために同舟したふたりが用意したことを察知したからだ。

龕灯が消えると同時に、闇から仲間の伊賀者が飛び出し、駕籠をとりかこんだ浪人たちに迫ったが、相良は頭巾の武士の方にまっすぐ走った。

（あやつを捕らえねば）

相良は影の首謀者とおぼしき武士を捕らえるのは、今だと判断した。

はたして鳥居か、あるいは別人か。相良は駕籠の方の戦闘にはかまわず、川岸を逃げるふたつの人影に迫った。

頭巾の武士は指先で闇を探るように両手を突き出し、よたよたと逃げた。前を走る仙造は武士を助ける気などないらしく、川岸まで逃れると汀《みぎわ》の杭に舫《もや》ってあった猪牙舟に飛び乗った。

追いすがった相良は、頭巾の武士の後ろ襟をつかんだ。

「観念しろ!」

相良が刀身を首筋に当てると、

「ヒッ!」

と悲鳴をあげて、足元に崩れおちた。

唐十郎は、摺《す》り足で吉兵衛との斬撃の間合に迫っていた。

体中剣に構えた京女鬼丸の刀身はうすい光を放つだけで、陽炎のように吉兵衛の体を揺らしはしなかった。

鬼哭の剣を遣う好機だった。

だが、吉兵衛が唐十郎の動きに合わせて数歩退いたとき、

「旦那、はやく、こっちへ」

という仙造の声が背後でし、その声にうなずいた吉兵衛は、

「勝負は、あずけた」

といい捨て、パッ、と身をひるがえして川岸から跳んだ。

川岸の猪牙舟に乗り移ったのだ。

吉兵衛が乗ると同時に舟は岸をはなれ、水を掻《か》く艪《ろ》の音をのこして、船影は深い闇に呑みこまれた。

川面を吹き荒れる寒風が、天空の巨骨に絡まるような音をさせて、漆黒の闇のなかをひょうひょうと吹き渡っていく。

6

「やっと、妖怪が姿をあらわしおったか」

そういったのは、駕籠から出てきた綾部だった。

「…………」

相良の配下の伊賀者が照らす龕灯の光のなかに、頭巾の武士が浮かびあがっていた。

武士は道端にうずくまったまま激しく身を震わせている。

「ぬかったな。まさか、わしが、そちたちをおびき寄せる囮《おとり》とは思わなかったであろう。勘定吟味役との密会を南町奉行所に流したのは、このわしじゃ」

「…………！」

一瞬、武士は顔をあげて綾部を見たが、すぐにがっくりと肩を落とした。

「その頭巾を取ってみよ」

綾部が命じた。

ハッ、と応じた相良は、うずくまったままの武士から頭巾をとった。

アッ、と周囲をとりかこんだ者たちから驚きの声があがった。

何と、頭巾の中の顔は、安藤右京亮だった。

「安藤！　……ま、まさか、うぬが」

綾部も驚愕に目を剝いた。

「……お、お見逃しを。あ、綾部様とは存じませず、拙者、ただ、幕府に仇《あだ》なす奸臣《かんしん》を討つので首尾を見届けよ、との沙汰で参っただけでございます」

安藤は地に平伏し、声を震わせて訴えた。

「安藤、見苦しいぞ。そちが、影の首領として刺客をあやつり、次々に奉行所の者を斬殺し、大塩救民党を率いて巷《ちまた》を騒がせていたは明白じゃ」

「め、滅相もございませぬ。拙者、ただ、命ぜられるがままに……。屋敷内に浪人をとめおいただけのことにございます」

「ならば、そちに命じたのはだれじゃ」

「そ、それは……」

蒼ざめた安藤の顔が、ひき攣った。

「勘定奉行、小出外記であろう。そちたちの陰謀、すべて承知しておる」

「………」

「だが、そちが大塩救民党を束ねていたとも思えぬ。安藤、讃岐から密かに江戸に参っておる者がおろう。どこに、隠れておる」

綾部は強い口調で詰問した。

「ぞ、存じませぬ」

安藤は亀が首を引っこめるように首をすくめた。

「ならば、そちが夜盗の頭目として、極刑をうけると申すか」

「そ、そのような……」

安藤の顔が紙のように白くなり、ぶるぶると震えだした。

「申せ。うぬが、綾部の命にしたがわざるをえなかったというなら、ありていに申せ。お咎《とが》めも軽くすむやもしれぬ」

「で、ですが……」

「刺客と同道しておいて、何も知らなかったで済むと思うのか」

「…………」

「申せ。賊の頭目はどこに潜んでおる」

「は、はい、……橋場《はしば》の寮に」

「橋場の寮とな」

「小出様の……」

安藤は消え入りそうな声で、何卒《なにとぞ》、寛大なご処置を、と訴え地面に額を擦りつけて平伏した。

寮とは別荘のことで、この時代、大川沿いの今戸《いまど》、橋場などには富商の寮や妾宅が建ちならび、日中から三味線の音や謡《うた》いなどが聞こえてくるようなところだった。

本来、旗本や御家人が寮や別邸を持つことは許されていなかったが、この時代になると幕府のたがもゆるみ、大身の旗本のなかには密かに別邸や妾宅を持つ者もいた。

「綾部様、橋場なれば、舟を使うにかっこうな場所でございます」

脇から相良がいった。

「今まで、一味の首領の足取りがつかめなかったは、舟を使って移動していたためであろう」

「御意」

「よし、このまま、われらも橋場へ参ろう」

綾部は、そちも同道せい、と安藤に命じてすぐに駕籠に乗りこんだ。

逃げた仙造や吉兵衛が連絡して小出が手をまわす前に影の首領を確保したい、と綾部は考えたようだ。

唐十郎や綾部たちが橋場に到着したのは、払暁《ふつぎよう》だった。東の空がかすかに明らんでいたが、まだ、辺りは夜の帳《とばり》のなかに沈んでいた。

「あ、あれでございます……」

安藤は震えながら、通りから奥まったところにある檜皮葺《ひわだぶき》の門を指差した。

竹垣《たけがき》をめぐらせ、狭いが庭には山水もあり、いかにも富商の別荘といった感じの邸宅だった。邸内はしんと寝静まり、洩れてくる灯明もなかった。

「まず、われらが」

そういって、相良と伊賀者が三人、庭内に忍びこんだ。

暫時《ざんじ》おいて、伊賀者のひとりが綾部のそばに来て、

「綾部様、まずは庭内へ。屋敷内の者、すべて捕らえましてございます」

と告げた。

唐十郎たちが綾部にしたがって門をくぐると、すでに邸内には灯明《あかり》が点き、庭に面した廊下の雨戸が外されていた。

すぐに、外された雨戸から、相良が夜着姿の壮年の武士を後ろ手に縄をかけ、引ったててきた。

色の浅黒い痩身の男だった。夜具から引き出され寒風にさらされたからであろうか、歯の根も合わぬほど全身を慄《ふる》わせ、目をひき攣《つ》らせていた。

(鳥居耀蔵!)

唐十郎はその男の顔を見て驚愕した。鋭い目、抉《えぐ》ったようにこけた頰。まさに鳥居耀蔵だった。

唐十郎は鳥居が南町奉行のとき、馬上の姿を二度ほど見ただけだったが、目の前で

うち慄《ふる》えている男は、鳥居耀蔵に間違いなかった。

「屋敷内には、この男のほかに女中がふたり、それに小者らしき老人がひとりだけでございます」

そう、相良が伝えると、綾部はひとつ大きくうなずき、

「出おったな、妖怪」

と、高揚した声でいった。

「お、お赦《ゆる》しを……」

男は後ろ手に縛られたまま地面に両膝をつき顎を突き出すようにして、寒さと恐怖でひき攣った顔を激しく左右に振った。

（こやつ、鳥居なのか……）

唐十郎の胸に疑念がわいた。

その顔には、幕府の要職にいた者とは思われぬ恐懼《きょうく》と狼狽の表情があらわれ、必死で命乞いする姿には、縄をかけられた恥辱もなければ、綾部にひざまずく屈辱のかけらもなかった。

「うぬは何者じゃ！」

綾部が声を荒らげた。

やはり、鳥居ではない、と綾部も察知したようだ。

「は、はい、てまえ、連雀座《れんじやくざ》の大月半五郎《おおつきはんごろう》にございます」

「連雀座だと」

「はい、一昨年まで両国広小路にて、小屋掛け興行をいたしておりましたが……」

大月によると、連雀座は大月の声音《こわね》の芸と中村邦之丞《なかむらくにのじよう》という若い軽業師《かるわざ》の青竹登りや綱渡りなどで評判をとっていたという。

声音の芸は、動物や鳥の鳴き声や有名な歌舞伎役者のものまねなどで、青竹登りというのは、立てた青竹に素手で登って見せる軽業だそうだ。

ところが、座員の諍《いさか》いから、針金で体を吊って青竹登りをしていることが露見し、たちまち評判を落として小屋をたたまざるをえなくなったという。

「……なんとか、もう一度、興行を打ちたいと、馴染みにしていた柳橋の料理茶屋に金策にいった折りに、小出様の用人に声をかけられたのでございます」

「鳥居に化けろ、といわれたか」

「は、はい……」

役者のものまねなどを得意とする芸人なら、鳥居に化けるのもお手の物であったろう。覆面で顔を隠していたのも、鳥居の顔を見知っている者に見破られないためだったと思われる。

「こともあろうに、鳥居に化けるとはな」

綾部の顔に、あきれたような表情が浮いた。

「ご用人様が、小屋掛けの資金は出す、とお約束されましたもので……。それに、小出様が、これはいきづまった幕政を立て直すための荒療治で、お咎《とが》めをうけるようなことはない。すべて、お上のためなのだと、仰せられましたので……」

「すると、大塩邦之介と名乗った者も一座の者か」

脇から相良が訊いた。

「はい、あれが、青竹登りをやっておりました中村邦之丞でございます」

「それにしては、あの者、大塩の遺子を演じているようにも見えなかったが」

邦之介は、相良たちの目の前で世直しを叫び自刃して果てたのだ。

「そうでございましょう。邦之丞は、大坂の出で、大塩様に心酔しておりました。あるいは、本気で、大塩様の忘れ形見になりきっていたのかもしれませぬ」

大月が顔を歪めた。

若い座員の悲劇的な末路を思いやったのかもしれない。

「うむ……。大塩の忘れ形見も、陰であやつる鳥居も、身代わりだったか」

綾部が苦々しい顔をした。

「すべて、小出が仕組んだことでございましょうか」

と相良がいった。

「さて、どうかな」

「………」

相良と唐十郎が綾部の顔を見た。

「鳥居の妖気が小出にとり憑《つ》いたものか。あるいは、鳥居自身、讃岐の地から小出に指示を与えていたとも考えられるが……」

7

八丁堀の組屋敷にもどった松井は、なかなか寝付けなかった。夜通し、強風が軒や雨戸を鳴らしつづけたせいもあるが、丑《うし》ノ刻《こく》（午前二時）を過ぎても、仙造が報らせにこなかったからだ。

旦那、首尾は八丁堀の方へ報らせにめえりやす、と三笠屋で会ったとき、仙造は約束したのだが、いつになっても姿を見せなかった。

コッ、コッと雨戸を叩く音がし、仙造が疲労困憊《こんぱい》した顔を見せたのは、雨戸の隙間から朝の陽光が差すころになってからだった。

仙造は、脚絆《きゃはん》に手甲《てっこう》、菅笠《すげがさ》まで持った旅装束である。

「どうしたというのだ」

松井は、急いで仙造を生け垣の陰に引きこんで訊いた。

「駕籠を狙うことが、洩れていやがった。あっしゃア、昨夜《ゆうべ》は一睡もしてねえ」

仙造は昨夜の経緯をかいつまんで話した。

「それで、安藤様は捕らえられたのか」

「へえ、まずまちがいねえ」

仙造は安藤を放置して逃げたが、逃げのびたとも斬り死にしたとも、思えなかった。

「仙造、それで、江戸を離れるつもりか」

「へい、こうなったら、逃げるよりほかに手はねえ」

「……………！」

松井の顔が、ひき攣《つ》ったように歪んだ。

一時半《いっときはん》ほど後――。

旅装の松井と仙造の姿が、京橋を渡り東海道を南下していた。ふたりは前後十間ほど離れ、通行人の間を縫うように急ぎ足で過ぎていく。

新橋を渡って芝口町《しばぐち》にはいると、右手の武家屋敷の奥に愛宕山《あたごやま》が見えてきた。

愛宕山は、のちに桜田門外の変で井伊直弼《いいなおすけ》を襲撃した水戸藩士が集結した地だが、今は武家屋敷の甍《いらか》の先に霞《かす》んだように見えるだけだ。

ふたりは、芝口町にはいったところで、脇道にそれた。この辺りまでくると、人通りが急に少なくなり、東海道をそのまま行くのは目立ちすぎると思ったのかもしれない。

通りの両側は、大名屋敷の鬱蒼《うっそう》とした植え込みや長い築地塀《ついじべい》がつづき、人の姿はなかった。

右手に増上《ぞうじょう》寺の杜や堂塔《どうとう》の尖端が見えるあたりまできたとき、先を行く仙造の足がふいにとまった。

前方に、人影が見えたのである。

人影はふたり。武家屋敷の裏手、松や樫《かし》などが通りまで枝をはった薄暗い通りに、仙造たちを待っているように佇《たたず》んでいる。

「どうした、仙造」

追いついた松井が、訝《いぶか》しそうに訊いた。

「前のふたり、ひとりは岡っ引きの弐平だ」

「なに……」

たしかに、ひとりは岡っ引きのようで、もうひとりは着流しの浪人のように見えた。

「待ち伏せだ！」

仙造は低い声でいうと、背後を振り返った。

松井が振り返ると、背後からもふたり。ひとりは浪人ふうの男で、もうひとりは下っ引きのようだ。すでに、ふたりは十間ほどのところに迫っている。

「旦那、後ろにもいる！」

「なにやつ！」

「前が野晒唐十郎、後ろが仲間の本間のようで」

逃げられないと察知したのか、仙造は腰の長脇差の柄に手をかけた。

「松井様、ここまででございます」

行く手に立ちふさがった弐平が、目を光らせていった。

「弐平！　てめえ、どうやっておれたちのことを知った」

仙造の顔はこわばり、目がひき攣《つ》っていた。

「野鼠の、昨夜、猪牙舟《ちょき》を用意したのは、おめえだけじゃねえんだぜ」

弐平は庄吉とふたりで舟で逃げた仙造を神田川の途中で待ち、舫《もや》っておいた舟で追尾したのだ。

「松井の旦那が、旅支度している間に、庄吉を野晒の旦那んとこへ走らせたのよ」

弐平のいうように、橋場からもどったばかりの唐十郎のところに庄吉が飛び込んできて、ふたりの逃亡を告げたのだ。

そのまま庄吉にしたがい仙造たちの後を尾け、新橋を渡って脇道へそれたところで、唐十郎と弐平が先まわりしたのである。

「おぬしに恨みはないが、弐平のたっての頼みでな」

唐十郎はいいながら、斬撃の間に歩を寄せた。

「そうよ、手前《てめえ》たちふたりをこのまま江戸から逃がしちまっちゃァ、あっしの胸のつかえがとれねえ。あの世で、斬られた奉行所の旦那方に詫びるがいいぜ」

「うぬ……」

松井の顔が憤怒で赭《あか》くなった。

「松井どの、腹をめされるか。拙者、介錯も仕《つかまつ》るが……」

「ほざくな！　素浪人の分際で、南町奉行所与力の首を刎《は》ねるというか」

松井は怒声をあげながら、抜刀した。

「やむをえん」

唐十郎は祐広の鯉口を切り腰を沈めた。

松井は星眼に構えたが、怒りで切っ先が震え、腰も浮きあがっている。

スッ、と一足一刀の間合につめると、唐十郎は斬撃を誘うように柄に手を添えたまま視線を敵の爪先へ落とした。

その誘いに、引き寄せられるように松井は上段から踏みこみ、唐十郎の肩口に袈裟に斬り落とした。その切っ先を、わずかに身を引いてはずした唐十郎は、腰をひねり抜き打ちざまに斬りあげた。敵の首筋を撥ねる鬼哭《きこく》の剣である。

祐広の切っ先が松井の首筋をとらえ、ヒュッ、と赤い帯のように一間ほども血がはしった。松井は呻き声をあげながら左手で首筋を押さえた。その指間から、シュル、シュルと音をたてて血飛沫《しぶき》が飛び散る。

「松井どの、介錯、仕ろう」

唐十郎はそういうと、脇にまわりこむように身を寄せ、上段から祐広を一閃させた。

わずかな骨音を残して、松井の黒い首が虚空《こくう》へ飛ぶ。一瞬、間をおいて、首根から血を噴きあげながら首のない体が地面に倒れこんだ。水桶を倒したように首根から血が流れ出し、大地を黒々と染めていく。

唐十郎は星眼に構えて残心をしめすと、ひとつ血振りをくれ、松井の袖口で血糊《ちのり》を拭って納刀した。

見ると、首筋を押さえた手も斬ったらしく、数本の指が首根まわりの血溜まりのなかに転がっている。

弐平と弥次郎に前後から迫られた仙造は、目を攣《つ》りあげて長脇差を振りまわした。

「本間様、どうあっても、こいつだけはあっしが……」

弐平は憎悪に燃えた目でそういうと、懐《ふところ》に呑んでいた匕首《あいくち》を抜いた。はじめから、十手を遣って仙造を捕縛するつもりなどなかった。弐平は、見殺しにした岡部の仇を討ちたかったのだ。

「承知した」

そういうと、弥次郎は仙造の前にまわりこみ、長脇差を大きく弾いた。

二、三歩よろめいた仙造の脇から弐平が飛びこみ、顔を肩口へ押しつけるようにして、両手で持った匕首を深く脇腹に突き刺した。

「仙造！　死ねィ」

叫びざま、弐平は腹部を抉《えぐ》るように斬りあげた。

腹部を押さえながら、その場に崩れるように倒れこんだ仙造のそばに、弐平はハァハァと荒い息をはきながらつっ立っていた。

「おい、その顔はなんだ。貉じゃなくて、赤鬼だぞ」

唐十郎に声をかけられ、

「ヘッ、へへ……。殺《や》りやしたぜ」

返り血を浴びた弐平は顔を赤く染め、両眼をギラギラさせていた。

「捕《と》らなくてよかったのか」

「へイ、仙造の野郎は、どうあっても、あっしの手で閻魔《えんま》の前に引き出してやりたかったんでさァ」

ぐいと、弐平が顔の血を手の甲で拭い、屈みこんで仙造の懐を探った。ずっしりと重い財布があったが、とくに仲間の行き先を示すような物は身につけていなかった。

「長居は無用だな」

そういって、唐十郎が歩き出すと、

「野晒の旦那、のこるのは恵比寿様《えびっさま》で……」

ひょいひょいと背後に走り寄りながら、弐平が嗄れ声でいった。

第六章　大川残映

1

腰物奉行小出外記は、綾部忠安の追及に容易に屈しなかった。

「安藤右京亮が、幕府の行く末を案じ、大塩の残党を名乗る浪人たちの口車に乗っただけのことでござろう」

と突っぱね、関係を認めようとしなかった。

むろん、そうした小出の強気の背後には、阿部や綾部に反目する幕閣の要人の後ろ盾があったからである。

そして、小出が安藤にどういう圧力をかけたのか不明だったが、橋場の別邸で鳥居に化けていた連雀座の大月半五郎を捕らえた翌々日の深夜、安藤が自宅で自刃して果てたのである。

小出にとっては死人に口なしだった。

安藤の小出宛ての遺書に、くれぐれも安藤家の取り潰しだけはお赦《ゆる》しいただけるよう処置してほしい、との嘆願が記してあったというから、あるいは、安藤の自害を条件に家だけは守ってやる、との小出の説得があったのかもしれない。

安藤の自刃を知った小出は、

「……安藤の無念、いかばかりであったかと推測いたす。確たる証拠もなく、謀反の企てありなどとの讒言《ざんげん》がまねいた結果でござろう」

などと、開き直った。

さらに、小出は声音《こわね》の芸を売り物にしていた大月の自白から、大塩救民党を陰であやっていたことを綾部に追及されると、

「甲斐守（鳥居）どのの傀儡《くぐつ》などと、笑止でござる。御目付様が芸人ごときの虚言をお取りあげになり、確たる証拠もなしにご詮議なされるは、まことにもって専横ではござらぬか。……さらに、甲斐守どのの身柄をお預かりなされている丸亀藩にとっては、妖怪変化のごとき、奇怪な話にござろう」

と嘯《うそぶ》いたのである。

その鳥居本人であるが、丸亀藩の伝えるところによると、

「江戸に、わしの名を騙《かた》る賊が出たそうじゃが、それも、この未曾有の国難を乗りきるためには、なんとしても幕政の改革が必要であり、この甲斐守の再登場を求める機運が世に満ちている証《あか》しであろうぞ」

と、声をあげて嗤《わら》ったというのである。

だが、十日ほどすると、強気で綾部の追及を突っぱねていた小出の態度が微妙に変わってきた。小出を陰で支えていた反阿部派の要人たちが、しだいに態度を変えてきたのだ。

その原因となったのが鳥居である。幕閣では、いまだに鳥居の心証はことのほか悪く、嫌悪する者が多いが、鳥居が背後で暗躍していたとの情報が漏れ伝わってくると、小出に批判的な目をむける者が出てきたのだ。

まず、鳥居に化けていた大月が、旗本には持つことを許されていなかった別邸で捕縛されたことが幕閣の間で問題視されるようになった。

さらに、南町奉行所与力、松井甚太夫が元岡っ引きの仙造と江戸から逃亡しようとして斬殺されたが、ふたりの所持金が三百両を超える大金だったことと、仙造が刺客《しかく》の手引きをしていたらしいことが判明し、大塩救民党とのつながりが取り沙汰されるようになった。

そして、松井と小出の関係も疑われるようになった。

松井は鳥居の息のかかった与力であり、小出ともつながりがあったことが推測されたからである。

こうなると、小出の後ろ盾となっていた幕閣の要人が後難を恐れて口をつぐむようになり、なかにはあからさまに小出の断罪を叫ぶ者も出るようになった。

このままでは、謀反の烙印《らくいん》を押され、お家断絶はおろか極刑もありえるとみた小出は、一変して綾部や幕閣にたいし寛大な処置を訴えたが、聞き入れられぬと判断したのか、癪気《しやくき》を理由に登城しなくなった。

安藤の自害から十三日目。小出は自邸で腹を切った。


そのころ、青木吉兵衛は浅草元鳥越町の棟割《むねわ》り長屋に潜んでいた。

仙造の舟で、唐十郎たちの手から逃れた吉兵衛はいったん隠れ家にしていた鶴乃屋にもどったが、

「恵比寿の旦那、どうやら鶴乃屋のことは、弐平たちに知られてるようだ。……町方に捕《と》られりゃァ、磔《はりつけ》獄門《ごくもん》はまちがいねえ。旦那もすぐに江戸を出た方がいい」

という仙造のすすめにしたがい、鶴乃屋を出たのだ。

だが、吉兵衛は上方へ逃れるという仙造たちに同行しなかった。大胆にも、翌夕、鶴乃屋に姿をあらわすと、五十両の金を積んでおたまを身請けし、以前住んでいた元鳥越町にまいもどったのである。

「ま、まさか、おまえさんと所帯を持てるなどと、本気で思っちゃいなかったよ」

と、おたまは涙を流して喜んだ。

長屋に腰を落ち着けると、さっそく、おたまはふたり分の所帯道具を買い求め、嬉しそうに家事にいそしんだ。

そして、近所のおかみさん連中に、

「恵比寿様が、あたいの大吉を運んできたんだ」

などといって、笑わせることもあった。

吉兵衛はそんなおたまの様子を目を細めて見ているだけだったが、おたまが、これから寒くなるから、布団をあつらえたい、といいだしたとき、

「今は、そのような物はいらぬ」

と、はじめて吉兵衛は真顔でとめた。

ここに長居するつもりはない、用が済めばすぐに江戸を発って、上方へむかう、というのだ。

「お前さん、どんな用なんだい……」

おたまの顔に不安がよぎった。

ふたりで元鳥越町にきた翌日から、夜になると吉兵衛は長屋を抜け出し、しばらく

の間もどってこなかったからだ。

楽観的で信じこみやすいおたまのような女の胸にも、吉兵衛が辻斬りや夜盗のような悪事を働いているのではないか、という疑いが生じたのである。

「心配いたすな。知り合いにな、借りを返すだけだ」

吉兵衛は目を細めたままいった。

その用とは、狩谷唐十郎との決着をつけることだった。剣客としての意地といってもいい。陽炎の剣を遣い、京女鬼丸で唐十郎を斬る、それが江戸の地でやり残した唯一のことだったのだ。

吉兵衛が夜な夜な長屋を抜け出し、足を運んだ先は佐久間町の神田川縁だった。以前、仙造から、狩谷の女がつる源という料理屋にいる、と聞いたことがあったからだ。

（女のところへは、ひとりでくる）

吉兵衛は、そこを狙うつもりでいた。

だが、その吉兵衛の足取りをつかんだのは、弐平の方が早かった。

松井と仙造を始末した後、すぐに鶴乃屋に姿をあらわした弐平は、お峰から吉兵衛

がおたまという女を身請けし、店を出たことを聞かされ地団太を踏んだが、

「ここに来る前に、元鳥越町の長屋にいたようだよ」

と聞き、念のためいってみると、そこに吉兵衛がいたのである。

(女の前で、殺《や》りたくはねえ)

そう思って、弐平は吉兵衛の後を尾けはじめた。

2

凍《い》てつくような夜だった。冴《さ》えた月光が、江戸の町並に降りそそいでいる。森閑として、夜まわりの声も犬の遠吠えも聞こえてこない。

神田川沿いの通りは夜の静寂《しじま》に閉ざされていたが、黒い蓬髪《ほうはつ》のような柳の葉叢《はむら》の下にひとつ人影があった。

唐十郎はまっすぐ、その人影の方に近付いていった。

青い月光に浮かびあがった唐十郎は、肩口にかけた長羽織で体をつつむようにして歩いていた。地蔵のような短い影が足元に落ち、雪駄《せった》の音だけがひびく。

柳の樹陰から人影が前方にあらわれ、足音がとまった。

「青木吉兵衛どのでござるな」

　唐十郎がいった。

「いかにも」

　唐十郎の行く手に立ちふさがった吉兵衛は、あいかわらず恵比寿のような微笑を浮かべていた。月光をうけた顔は紙のように青白く、笑っているように見える細い目の奥には冷徹で酷薄な光が宿っている。

「おひとりのようだが……」

　吉兵衛は両手を懐に入れたままいった。

　手が冷え、感覚の鈍くなるのを避けるため、抜刀の瞬間まで暖めようとしているのだ。

「馴染みの店に行く途中なのでな」

　唐十郎が応じた。

　実は、ふたりだけで決着をつけたい、という唐十郎の言にしたがい、弐平、弥次郎、清丸の三人は一町ほども後ろを足音を忍ばせて尾いてきていたのだが、唐十郎は知らない。

「決着をつけたい」

吉兵衛がいった。

「のぞむところ」

すかさず、唐十郎は吉兵衛との間合を読んだ。およそ、二間半。一足一刀《いっそくいっとう》の間合の外である。

「一刀流、胴打ちより工夫した陽炎の剣……」

吉兵衛はおもむろに懐から両手を出すと、京女鬼丸を抜いた。

月光を反射《はね》た刀身が、目を射るような光芒を八方に放つ。

バサリ、と唐十郎は肩に羽織っていた長羽織を叢《くさむら》に捨て、雪駄をぬいだ。すでに、刀の下げ緒で両袖は絞ってある。

「小宮山流居合、鬼哭の剣、参る」

祐広の柄に手をそえ、居合腰に沈めた。

勝負は一瞬で決するはずだった。

体中剣に構えた吉兵衛の体が、スッと光芒の翳《かげ》に遠ざかり陽炎のように霞んで揺れ出す。

唐十郎は、二間半の間合からさらに半歩身を引いた。

全身に剣気が漲《みなぎ》る。唐十郎は鬼哭の剣を放つ間より半間ほども遠間《とおま》にとったまま、抜刀の気勢をこめて吉兵衛に対峙《たいじ》していた。

「間に入らねば、斬れまい」

さらに、刀身を揺らせたのであろう。吉兵衛は、燃え立つような青白い光の耀映《ようえい》のなかに身を隠し、じりじりと間合をつめてきた。

（あと一歩……）

唐十郎は吉兵衛の爪先で間を読んでいた。

吉兵衛の斬撃の起こりをとらえ、遠間のまま仕掛けるつもりでいた。

（あの陽炎を斬る）

光芒が頭上に伸びる寸前をとらえ、光の元を斬る、それは、京女鬼丸の刀身に斬りつけ、折ることであった。

敵の刀身に斬りつけるなら、一尺ほどの遠間から仕掛けられる。仮に、敵の刀身が折れず抜きつけの一刀が弾《はじ》かれても、二の太刀で敵の斬撃に応じられるだけの間は保てるはずだった。

吉兵衛の動きがとまり、剣気が満ちた。

くる！

唐十郎の放った抜きつけの一刀と光芒の伸びるのとが同時だった。

刹那《せつな》、両者の刀身の軌跡が交差したように見えた。

アッ、と思った。

唐十郎の刀身が空を切ったのだ。確かに、敵の光芒をとらえたはずなのに、唐十郎の祐広は大きく流れた。

しかも、唐十郎が抜きつけの一刀を揮《ふる》った瞬間、吉兵衛の体は斬撃の間境《まざかい》を越えて眼前に迫っていた。

間髪《かんはつ》をいれず、胴を薙《な》ぐ刃風を胸元で感知して背後に大きく跳びすさった。

(迅《はや》い！)

予測をはるかに超えた迅い寄り身だった。

吉兵衛の胴斬りに対する間をじゅうぶんとったはずなのに切っ先がとどいていた。小袖の腹部が裂け、血の線がはしったが、出血はそれほどでもない。うすく肉を裂いただけらしい。一尺の遠間が致命的な斬撃から救ったようだ。

ふッ、ふふふ……、と吉兵衛が嗤った。

青白い豊頰、糸のように細い目、恵比寿のような顔が、骨を凍らせるような不気味なものに見えた。

「ふふふ……、陽炎は斬れぬ」

青白い炎のような光を放つ京女鬼丸を体中剣に構えながら、吉兵衛が含み笑いを洩らしながらいった。

「……！」

唐十郎は戦慄した。

確かに、吉兵衛の刀身はとらえた。だが、唐十郎の刀身は空を切った。あれは実体のない光芒なのか……。

（まさに、陽炎）

そう思ったとき、唐十郎の脳裏に閃《ひらめ》くものがあった。

（光の残像か！）

目に強い光をうけたとき、一瞬間、眼底に光が残る、唐十郎はそれではないかと察知した。今風にいえば、眼窩《がんか》の光の残留感覚である。

体中剣に構えるのは刀身で光を反射させることと、斬撃の際に半回転させて刃先を敵にむけ、一瞬に光を消すことにあるようだ。

京女鬼丸を振り上げる途中で、刀身を返して光を消し、胴へと斬りこむのだ。それが、敵の目に生ずる光の残留感覚により、一瞬、そのまま面に斬りこんでくるような錯覚を生む。

陽炎の剣は光の幻覚なのだ。

(なれば、影を斬ろう)

唐十郎は、遠間のまま下段に構えた。

3

「ちと、間が遠すぎたようでござる」

吉兵衛はそういうと、体中剣の構えをくずし両手で持ちなおすと、八相《はっそう》に構えて刀身をたてた。

そして、体中剣とおなじように刃先をこちらに向けず、刀身を見せて月光を反射させると、間合を半間ほどつめた。

片手で突き出していた刀を引くことで、敵との間合を読みづらくしたのだ。

二度、わずかな差で致命的な斬撃を逃れた唐十郎に対し、間をせばめるために構えを変えたようだ。

「……!」

この間合だと斬られる。

吉兵衛の爪先が、一足一刀の間境まで迫っていた。

それでも、唐十郎は動かず、視線を落としたまま敵の影をとらえていた。

短くつまった影が、足元に落ちている。八相の構えは、まず膝と両拳に動きがあらわれるはずだった。その起こりを察知しようとした。

ジリッ、と吉兵衛の爪先が大地を嚙んだ。刹那、両拳がわずかに浮き、猛禽の飛翔のように大地に影が躍った。

ヤアッ！

裂帛《れっぱく》の気合とともに、唐十郎は祐広を撥ねあげた。

(影を斬った！)

キーン、という乾いた金属音がひびき、切っ先が虚空へ飛んだ。

「……………！」

一瞬、吉兵衛の動きがとまり、棒立ちになった。

胴へ返そうとした京女鬼丸の刀身が、鍔《つば》から一尺ほど残して折れ飛んでいた。

唐十郎は動きをとめず、下段から逆袈裟《ぎやくげさ》に斬りあげて京女鬼丸の刀身を截断すると、返す刀で吉兵衛の首筋に斬りこんだ。

流れるような体の動きだった。

一瞬、突っ立ったままの吉兵衛は折れた刀で唐十郎の斬撃をかわそうとしたが、むなしく空を切った。

ビュッ、と血が噴いた。

祐広の切っ先が、首筋の血管《ちくだ》を撥ねたのだ。

瞠目したまま、血の噴出する首筋を左手で押さえた吉兵衛は、

「こ、これが、京女鬼丸か……！」

と吐き捨てるようにいった。

おそらく、簡単に折れ飛んだ京女鬼丸に驚愕したのであろう。吉兵衛は指の間から噴出する血に半顔と胸元を真っ赤に染めながら、その場に突っ立ち、

「……笑止。青木家二代、京女鬼丸に誑《たぶら》かされたは……」

そう呟いた。

吉兵衛は温顔を赤く染め、皮肉な嗤《わら》いを浮かべたまま二、三歩後じさった。ひょう、ひょうと鬼の哭《な》くような音をさせて、首筋から血が噴いている。

すぐに絶命はしないが、首の血管《ちくだ》を切った以上助かりようがない。

「吉兵衛どの、介錯仕ろう」

唐十郎は祐広を八相に構えた。

「いらぬ！」

顔を歪め目を攣《つ》りあげて般若《はんにゃ》のような形相《ぎょうそう》になった吉兵衛は、両足をひらいて体を支えると、

「見ておれィ！　かくなるうえは、京女とあの世に参るわ」

そう叫び、手にした切っ先のない京女鬼丸の刀身を喉元に押しあてると、左手で峰《みね》をおさえて立ったまま引き斬った。

一瞬、吉兵衛の首が大きくかしげ、傷口が石榴《ざくろ》のようにひらいて頸骨《けいこつ》が白く見えたが、その場に血を撒きながら倒れた。

壮絶な死だった。

「若先生……」

背後で声がした。

弥次郎である。弐平と清丸もいた。

「この刀、まちがいなく京女鬼丸にございます。……島津家に納めたものと思われます」

清丸は、倒れた吉兵衛のそばに屈みこんで、折れた刀身に目を落としていた。

「おそらく、辻斬りをして、吉兵衛が奪ったのであろう」

　そう唐十郎がいうと、

「昨年、大川端に辻斬りが出たが、こいつだったようだな」

と弐平が血溜まりのなかに突っ伏した吉兵衛の横顔を覗きこんで、納得したようにうなずいた。

「この男、青木家二代といったように聞こえましたが」

　清丸が顔をあげていった。

「たしかに……」

「あるいは、遊び人に斬られた京の武士の所縁《ゆかり》の者ではないでしょうか」

「二代となれば、嫡子《ちゃくし》ということになろうな」

「なれば、なぜ……」

　唐十郎を見あげた清丸の顔に疑念の色があった。

　嫡子となれば、父が遊び人に不覚をとった理由を知っていたはずだ、その男が、なぜ、あえて京女鬼丸を帯刀していたのか、清丸はそう思ったにちがいない。

「京女鬼丸は男を魅《ひ》きよせる妖刀……。吉兵衛のいったように、持つ者の心を誑《たぶら》かすのかもしれぬ」

「………」

清丸は視線を落とすと、吉兵衛の握っていた掌《たなごころ》をひらき、切っ先のない京女鬼丸を手にした。

「清丸、念のため銘を見てみろ」

「はい」

清丸は目釘を取りはずし、中心《なかご》を見た。

「明光の銘は切ってありませぬ」

「うむ……。清丸、いよいよ、残るは一振りということになったな」

唐十郎はそういうと、清丸を直視した。

「は、はい。それは……」

清丸は困惑したように言葉を濁し、唐十郎の視線をはずした。

「清丸、ここまでくれば、隠さずともよかろう。残る一振り、その腰にある脇差《わきざし》ではないのか」

「……………！」

一瞬、清丸は驚愕したように目を剝《む》いたが、すぐに表情をやわらげ、

「ご存じでございましたか」

そういって立ちあがると、腰の脇差を抜いた。

刀身の放つ青白い光が、見る者の目を射た。一尺三寸五分、銀砂を流したような地肌に濤瀾《とうらん》乱れの刃文がはいっている。清丸が立てた刀身を揺らすと、月光を反射《はね》て白銀のような光を放った。

「いつぞや、おぬしが大塩邦之介と名乗った賊の前で抜いたときな」

唐十郎は、その刀身の輝きを見たとき、あるいは、と思ったが、訊き糺《ただ》さなかったのだ。

「師によれば、長い刀身を截断し、大小を揃えたようでございます」

おそらく、陽光、明光の裏銘を切った兄弟刀は、大小一組として揃えられたものなのであろう。

「なれば、その脇差に明光の銘が」

唐十郎が訊いた。

「はい」

「す、すると、清丸が大塩平八郎の忘れ形見ということに！」

弥次郎が声を大きくした。

弐平も、丸い目玉をひん剝いたまま言葉を失っている。

清丸は、目に強い光をたたえ、

「いえ、わたしは刀鍛冶、藤原清丸にございます」

そういうと、左手で折れた京女鬼丸を持ち、トオッ！　と気合を発して、右手の脇差の峰を打ちつけた。

カキッ、という音と火花が散り、脇差の切っ先が闇にうすい光を曳《ひ》いて飛んだ。

清丸は、両手に折れた大小を持ったまま、

「この世に、大塩平八郎の忘れ形見など、おりませぬ」

と決然としていった。

4

冬の陽光が江戸の家並を照らしていた。やわらかい光だったが、風がないせいか薄絹でつつまれたような暖かさを感じる。

唐十郎と咲は、元柳橋にちかい大川端を歩いていた。京に帰る清丸を日本橋まで送り、緑町の空屋敷にもどる途中だった。

久々のおだやかな晴天のせいもあるのか、江戸の町は活気に満ちていた。しだいに往来の人通りは多くなり、あちこちから物売りや駕籠かきなどの弾んだ声も聞こえてくる。

「唐十郎様……」

背後からついてくる咲が声をかけた。

「なんだ」

「清丸様、立派な刀鍛冶になられるでしょうね」

「そうだな。あの男なれば、藤原鬼丸の名をさらに高めるであろうな」

唐十郎は、別れ際にいった清丸の詞《ことば》を思い出した。

優美なれど、京女鬼丸は人心を惑わす妖刀にございます。いつか、藤原鬼丸の名を継ぎ、師の笹之露鬼丸を越えるような刀を鍛えるつもりで精進いたします、といったのだ。

「咲、相良どのや綾部様は、清丸が大塩平八郎の忘れ形見らしいことを知っておられたのか」

唐十郎は気になっていたことを訊いた。

「あるいは……。ただ、大坂で自爆された大塩様父子、藤原鬼丸様、そして、母といわれる京の芸妓も、すでにこの世を去り、その証拠となる京女鬼丸もすべて鋳潰《いつぶ》してしまったいま、はたして忘れ形見がおられたのかどうかすら定かではありませぬ。……清丸様がおおせられたように、この世に大塩平八郎の忘れ形見などいなかった、と思った方がよろしいのではないでしょうか」

咲は視線を落としたまま呟くようにいった。

「そうだな。それに、浪人の蜂起などでご政道が変わるとも思えんしな」

唐十郎は、蔵永たち浪人のことを思った。

あるいは、蔵永たちもうすうす清丸が大塩の忘れ形見であることを知っていたのではないか。だからこそ、清丸を斬ろうとせず執拗に仲間に加わることを求めたのかもしれぬ、そんな気がした。

「唐十郎様、前方に人だかりが……」

小走りに、咲が二人の間をつめてきた。

いわれて見ると、大川端に通行人や近所の店の者と思われる男たちが十四、五人集まっている。道端に列をつくって覗きこんでいる者がほとんどだが、石垣に降りて川面に目をやりながら、なにやら叫んでいる者もいた。

そこは道端から汀《みぎわ》までなだらかな石垣がつづいているところで、近くに渡し場もあり、舫杭《もやいぐい》に繋《つな》いである二艘の猪牙舟《ちょき》が、おだやかな川面に黒い舟影を落としていた。

「何事だ」

唐十郎が、脇をすりぬけようとした職人ふうの男に訊いた。

「身投げだ！　若い娘らしいぜ」

男は唐十郎の前で、ひょいと着物の裾を引きあげ、後ろ帯に挟んで駆けていった。

別に見る気はなかったが、通り道だったので、道端にたちどまり、野次馬の頭越しに覗くと、川岸から一間ほどのところに赤い襦袢《じゆばん》が川面にただよっているのが見えた。

そこには数本の舫杭があり、その杭に川上から流れてきた溺死体の着物の裾でも引っかかったものだろう。

流れと波に洗われて脱げたらしく、女は半裸で腰から下の白い肌がさざ波に揺れ、赤い襦袢が絡まって戯れているように見えた。

突っ伏しているため顔は見えないが、長い髪が黒い藻のようにゆらゆらと揺れていた。

石垣に降りているのは岡っ引きとその手下で、死体を引き揚げるつもりらしく、猪牙舟に乗り移っていた。

「仏の身元は」

唐十郎が近くの店者らしい男に訊いた。

「さァてね。……相対死《あいたいじに》でもしようとした片割れかもしれませんね。あの派手な襦袢は、素人の娘のものじゃァありませんよ。足抜けでもしようとした浅草あたりの安女郎じゃァないですかね」

男は溺死体から目を離さずにいった。

そのとき、猪牙舟を溺死体のそばに引き寄せた岡っ引きが女の両足をつかんで船縁に引きあげた。

おおッ、という声が野次馬からおこった。

溺死体から襦袢が脱げて全裸になったのだ。すでに、死体は硬直しているのだろう、その突っ張った体が冬の陽光を浴びて、削《けず》り立ての白木のように艶やかにかがやいて見えた。

まったく淫靡《いんび》な感じはしなかった。

その白い肌と絹のような冬の陽射しのせいなのかもしれない。女は、誇らかにその裸体を男たちの目にさらしているように見えた。

だが、唐十郎の目を惹いたのは、舫杭に引っかかったままの赤い襦袢だった。

（血のようだ……）

と唐十郎は思った。

女の体から離れ流れに広がった赤い布が、裸体から流れ出した夥《おびただ》しい血のように見えたのだ。

「この女、花川戸の店で見たことがあるぜ」

舟の上の岡っ引きがいった。

その岡っ引きが死体の股のあたりに目を落として怪訝な顔をした。

唐十郎もそこに居合わせた野次馬も目にとめなかったが、その長く伸ばした死体の両足のつけ根のあたりに、細い筋のような傷が何本もはしっていたのだ。

死体は、吉兵衛と暮らしはじめたおたまだったのである。

「唐十郎様、いきましょう」

咲が身を寄せて袖を引いた。

眉根を寄せ、暗い表情を浮かべていた。これ以上、見たくないということらしい。

唐十郎は歩き出した。

ふたりは無言で歩き、人だかりを離れると、唐十郎様、と咲がまた声をかけてきた。

「なんだ」

咲は暗い気持ちをふっ切るように明るい声でいった。

「父上から、唐十郎様にご仕官なされるお気持ちがあるかどうか、お訊きしておくよう申しつかりました」

「仕官……」

思わず唐十郎の足がとまった。

「綾部様より、適当な藩にご推挙いただき、剣術師範でもなされればと……」

咲は心底を覗くような目をして、唐十郎を見あげた。

「…………」

唐十郎は無言のまま、ゆっくり歩き出した。

相良や咲の気持ちは、ありがたかった。名もない市井《しせい》の一剣客にとって、剣術指南役は望んでもなれない仕官口である。

それに、どうやら嫁をもらって身を固めろ、という意味合いもあるらしい。

「いいお話かと、存じますが……」

咲が促すようにいった。

「い、いや、やめておこう。……屍体《むくろ》を斬って生きてきた不浄の身。おれには剣術師範などつとまらぬ」

そのとき、唐十郎の脳裏に浮かんだのは、さっき見た女の赤い襦袢だった。あれはこの世に残した慟哭《どうこく》の血だ、と思ったのだ。

（おれは、同じ血を見て生きてきた……）

人を斬って暮らしをたててきた者が、妻を娶《めと》り、子をもうけて、安穏《あんのん》と暮らすのは赦《ゆる》されぬ、という気がした。

「唐十郎様は、そうお応えになるのでは、と思っておりました……」

咲は呟くようにいい、

「なれば、咲も、忍びをつづけます」

といって、すこし足を速め、ふたりの間を狭めてきた。

唐十郎は無言のまま前方に目をやった。

大川の川面は金砂を流したようにかがやき、遠く霞んだように両国橋が見えていた。行き来する猪牙舟や箱舟が白い波線を曳《ひ》き、黒い船影が淡い陽炎のなかで揺らいでいる。

唐十郎と咲をつつむように、往来の雑踏のなかで男や女の声が賑やかに飛びかっていた。

（本書は、平成十一年二月に刊行した作品を、
大きな文字に組み直した「新装版」です）

妖し陽炎の剣

一〇〇字書評

切り取り線

購買動機（新聞、雑誌名を記入するか、あるいは○をつけてください）	
□（　　　　）の広告を見て	
□（　　　　）の広告を見て	
□ 知人のすすめで	□ タイトルに惹かれて
□ カバーが良かったから	□ 内容が面白そうだから
□ 好きな作家だから	□ 好きな分野の本だから

・最近、最も感銘を受けた作品名をお書き下さい

・あなたのお好きな作家名をお書き下さい

・その他、ご要望がありましたらお書き下さい

住所	〒				
氏名		職業		年齢	
Eメール	※携帯には配信できません	新刊情報等のメール配信を 希望する・しない			

この本の感想を、編集部までお寄せいただけたらありがたく存じます。今後の企画の参考にさせていただきます。Eメールでも結構です。

いただいた「一〇〇字書評」は、新聞・雑誌等に紹介させていただくことがあります。その場合はお礼として特製図書カードを差し上げます。

前ページの原稿用紙に書評をお書きの上、切り取り、左記までお送り下さい。宛先の住所は不要です。

なお、ご記入いただいたお名前、ご住所等は、書評紹介の事前了解、謝礼のお届けのためだけに利用し、そのほかの目的のために利用することはありません。

〒一〇一-八七〇一
祥伝社文庫編集長 加藤 淳
電話 〇三（三二六五）二〇八〇

祥伝社ホームページの「ブックレビュー」からも、書き込めます。

http://www.shodensha.co.jp/bookreview/

上質のエンターテインメントを！　珠玉のエスプリを！

祥伝社文庫は創刊十五周年を迎える二〇〇〇年を機に、ここに新たな宣言をいたします。いつの世にも変わらない価値観、つまり「豊かな心」「深い知恵」「大きな楽しみ」に満ちた作品を厳選し、次代を拓く書下ろし作品を大胆に起用し、読者の皆様の心に響く文庫を目指します。どうぞご意見、ご希望を編集部までお寄せくださるよう、お願いいたします。

二〇〇〇年一月一日　祥伝社文庫編集部

祥伝社文庫

妖《あやか》し陽炎《かげろう》の剣《けん》　介錯人《かいしゃくにん》・野晒唐十郎《のざらしとうじゅうろう》　新装版

平成二十三年二月十五日　初版第一刷発行

著者　鳥羽《とば》　亮《りょう》

発行者　竹内和芳

発行所　祥伝社《しょうでんしゃ》

東京都千代田区神田神保町三－六－五
九段尚学ビル　〒一〇一－八七〇一
電話　〇三（三二六五）二〇八一（販売部）
電話　〇三（三二六五）二〇八〇（編集部）
電話　〇三（三二六五）三六二二（業務部）
http://www.shodensha.co.jp/

印刷所　錦明印刷

製本所　積信堂

カバーフォーマットデザイン　中原達治

造本には十分注意しておりますが、万一、落丁、乱丁などの不良品がありましたら、「業務部」あてにお送り下さい。送料小社負担にてお取り替えいたします。

Printed in Japan　©2011, Ryō Toba　ISBN978-4-396-33649-3 C0193